KB270052

사랑의 기초

한 남자

Foundation of Love ✳ A Man's Story

사랑의 기초
한 남자

알랭 드 보통 장편소설

우달임 옮김

문학동네

▌▌ 첫 독자의 말

이것은 판도라의 상자다. 최초의 독자로서 나는 감히 말할 수 있다. 낭만적 사랑의 영속성을 굳게 믿는다면, 그 꿈에서 영원히 깨고 싶지 않다면, 이 소설의 첫 페이지를 열어서는 안 된다. 그러나 진실을 알고 싶다면? 말할 것도 없다. 이 책을 펼쳐 읽기 시작하면 된다.

『사랑의 기초_한 남자』는 알랭 드 보통이 십칠 년 만에 쓴 새 소설이다. 운명의 상대를 찾아 헤매다 드디어 서로를 알아본 한 남자와 한 여자. 소설은 그 '끝'에서 시작된다. 결혼으로 완성된 그들의 사랑은 일상에서 어떻게 변해가는가, 즉 아름다운 해피엔딩 뒤에 펼쳐지는 리얼리티의 세계에 관한 이야기다. 일부일처의 결혼제도 안에서 지극히 평범하게 살아가는 벤과 엘로이즈에게는 어떤 드라마틱한 사건도, 모두를 깜짝 놀라게 해줄 반전도 일어나지 않는다. 그들의 사랑은 그저 천천히 녹슬고 천천히 닳아갈 뿐이다.

알랭 드 보통에 의해 날카롭게 묘사되는 우리 일상의 최전
선 풍경은 무섭고 우습고 또 아프다. 이 소설이 절절하게 읽힌
다면, 아마도 당신은 결혼이라는 제도의 모순을 뼈저리게 느
끼면서도 삶의 부조리를 꿋꿋하게 껴안는 의지와 용기의 소유
자일 것이다.

　　　　　　　　　　　　　　　　2012년 봄 서울에서
　　　　　　　　　　　　　　　　　　　　정이현

▎ 작가의 말

처음에 나는 한국을 대표하는 작가 정이현과 공동으로 작품을 쓴다는 아이디어에 강하게 끌렸다. 하지만 결국 우리는 하나의 소설이 아닌, 사랑이라는 주제 아래 두 개의 다른 소설을 쓰게 되었고, 그것은 아주 현명한 판단이었다.

우리의 사랑 이야기는 많이 다르지만, 우울한 정서가 깃들어 있다는 점에서 하나로 엮인다. 그러나 이것이 독자를 우울하게 만드는 책이 되길 바라진 않는다. 혼자가 아니라는 발견만으로도 큰 위안이 된다는 것을 우리는 알고 있다. 『사랑의 기초』는 우리들 각자가 묵묵히 참고 견디는, 내밀하고 사적인 것들에 대한 이야기다.

이전까지 나의 작품에선 매번 여주인공이 이야기의 중심에 놓였고, 어쩌면 내가 남자들에게 좀 불공평했던 것 아닌가 하는 마음이 있었다. 그래서 이번에는 한 남자의 시선으로, 그 남자의 관심과 고민을 통해 사랑을 탐구하고 세상을 바라보려

애썼다. 그리고 비로소 깨달았다. 남자들이 얼마나 쉽게 사랑
에 빠지고 또 쉽게 싫증내는지를.

　이 소설은 '오래된 관계'에 관한 이야기다. 최초의 행복감이
자취를 감춘 뒤에, 내가 그토록 매혹되었던 낭만적 사랑의 시
기가 지나고 나면, 사랑에는 과연 무슨 일이 벌어질까. 낡은
사랑의 초상이 독자들에겐 암울하게 비칠 수도 있다. 그럼에
도 작가인 나는 이것이 진지하고 성숙한, 조심스럽지만 보다
희망적인 답이 되길 바랄 뿐이다.

2012년 봄 런던에서
알랭 드 보통

차례

“우리는 사랑도 믿고 일도 믿지만
사랑을 위한 일의 가치는 믿지 않는다”

사랑의 본질 *The Nature of Love*

사랑에 빠진 느낌을 떠올릴 때면, 벤의 기억은 이십 년 전, 영국 남동부에 자리잡은 유서 깊은 대학의 경제학과 도서관에서 경험한 강렬했던 순간으로 거슬러올라갔다. 그는 열아홉 살이었고, 얼굴이 자주 빨개졌으며, 스피노자를 읽어보려 애쓰고 있었다. 그리고 스스로도 어쩔 수 없을 때만 정말 마지못해 인정하는 사실인데, 그는 아직 동정이었다.

그가 헬렌 빌을 점찍은 건 카페테리아에서였다. 그녀는 홍차와 스콘을 사고 있었다. 벤이 정치경제학과 3학년으로 올라간 첫 학기인 11월의 우중충한 오전이었다. 그는 뭐에 단단히 홀린 듯, 그녀의 모든 세세한 부분들에서 눈을 떼지 못했다. 그녀의 지갑, 정확히는 생쥐 모양의 작은 가죽 파우치, 웨이트리스에게 고맙다고 말하는 그녀의 다소 예민해 보이는 태도, 가느다란 손목, 브라운 플랫슈즈, 층지게 자른 갈색 머리, 주근깨, 산뜻한 베이지색 레인코트.

단박에 감이 왔다. 캠퍼스 안에 수백 명이 있었지만 여태껏 그의 마음은 냉담하기만 했다. 하지만 여기 이 존재는 여러 가지 측면에서 그와 잘 어울리고, 그의 열정에 공감할 줄 알며, 치명적인 약점도 솔직하게 터놓을 수 있을 사람이었다. 바로 그녀가 그의 끝없는 외로움을 덜어줄 사람이라는 깊은 확신이 왔다.

이러한 믿음이 헬렌 빌과 이야기를 나누고서 생겨난 것은 아니었다. 실은 그녀의 이름도 도서관의 도서반납 창구까지 뒤따라갔다가 그녀가 대여했던 J. G. 포콕의 『무역학 원론』을 슬쩍 들춰보고 알아낸 것이었다. 대출카드에 적힌 인적사항을 포함해서 말이다. 그것은 일정 수준의 교육을 받고 사회적 지위를 갖춘 영국의 여학생들에게서 흔히 볼 수 있는 또박또박하고 얌전한 글씨체로 채워져 있었다.

그후 수개월 동안 벤은 캠퍼스 구석구석 헬렌 빌을 따라다녔다. 그녀가 공부하러 열람실에 들어오는 때에 맞춰 자세를 고쳐 앉았고, 카페테리아에 가는 시간도 우연인 척 맞췄다. 그녀의 발걸음을 쫓아 하릴없이 서가 사이를 어슬렁거렸으며, 전공 필수과목도 아닌 통화정책 수업을 들었다. 몇 번인가는 교정을 벗어나 시내 번화가까지 뒤를 밟았다가 쇼핑객과 관광객의 인파 속에서 그녀를 놓치기도 했다.

사랑은 간절한 바람, 아무것도 먹을 수 없는 상태, 어떤 열병과도 같은 것, 끊임없는 성적 판타지, 그리고 무엇보다 사랑하는 사람이 유일무이하게 타당하고 소중한 존재라는 인식에서 비롯된 느낌을 뜻했다. 헬렌 빌에 대해 아는 게 많지 않다는 사실이 이러한 감정을 느끼는 데 걸림돌이 되진 않았다. 오히려 이런 상황으로 인해 감정은 더욱 특별하고 강렬해졌다. 그것은 연필로 그어진 몇 개의 선들만 가지고도 별 어려움 없이 어떤 얼굴을 떠올릴 수 있고, 단 몇 줄의 문장만으로 소설 속 등장인물의 성격을 그럴듯하게 묘사할 수 있는 것과 흡사했다. 함께 휴가를 떠나 그리스 섬들을 돌아보고, 파티가 끝날 무렵 은밀한 미소를 주고받고, 기차에서 사랑을 나누고, 남은 생을 함께할 어떤 사람의 초상을 그려내는 데는 그녀에 대한 단편적인 지식만으로도 충분했다.

끝내 헬렌 빌과는 얘기 한번 나눠보지 못했고, 기나긴 여섯 달이 지난 끝에 그의 욕망도 시들해졌다. 이십 년 뒤, 어느 불면의 밤, 그는 충동적으로 페이스북에서 그녀를 찾아보았고 그녀가 영국 북부에 살고 있다는 사실을 알아냈다. 화면에는 기능성 방수 등산복 차림으로 황무지에 서 있는 그녀의 흐릿한 사진 한 장이 띄워져 있었다. 매력이 없는 인상은 아니었고, 예전과 비슷한 안경을 끼고 있었다. 세 아이의 엄마라고 되어 있었지만 그 이상의 프로필은 '비공개'였다.

성년기의 초반, 벤에게 사뭇 강렬하지만 여전히 일방적인 짝사랑의 감정을 불러일으킨 여자들이 여럿 있었다. 이른 아침 그녀가 바흐의 콘체르토를 연습하는 소리에 귀기울이곤 했던 아래층에 사는 첼리스트 클레어. 2학년 여름방학에 일했던 슈퍼마켓에서 그의 옆 칸 계산대를 맡고 있던 베스. 친구의 여동생 레이첼. 오렌지가 담긴 해로즈백화점 식품매장 봉투를 들고 가던 이름 모를 여인. 그녀는 타고 있던 전철이 홀번 역을 빠져나가는 순간, 따스한 갈색 눈동자로 그에게 미소를 보냈다. 딱히 누군가와 사귀고 있지 않은 사람이야말로 가장 진지한 로맨티스트일지 모른다.

이처럼 스쳐지나간 등장인물들과 달리, 대학 졸업 후 벤은 두 명의 여자와 각각 일 년 가까이 사귀었다. 한 명은 법대, 다른 한 명은 의대를 졸업하고 이제 막 커리어를 쌓기 시작한 똑똑하고 매력적인 여자들이었다. 그녀들은 그를 가족에게 소개하고, 말쑥하게 차려입는 법을 가르쳐줬으며, 그에게 자신감을 심어주었다. 특히 첫번째 여자친구는 어떤 판단을 내리거나 굴욕감을 주지 않도록 세심하게 배려하면서 클리토리스가 어디 있는지 보여주었다.

그럼에도 벤은 그녀들에게 뭐랄까, 갈팡질팡해서 몹시 미안하긴 하지만 호감 이상의 어떤 뜨거운 감정을 가질 수 없었다. 여기에는 헤어지자는 그의 말에 그녀들이 보인 반응, 사람을 질리게 하는 것들에 대한 짜증도 한몫했다. 사랑이란 그에 응해줄 구체적인 실체, 어떤 확실한 존재가 없을 때 훨씬 경험하기 쉬운 어떤 감정인 듯 보였다.

　벤은 현재 결혼해서 런던 북부 근교에 살고 있다. 가로수 길을 따라 빨간 벽돌로 된 빅토리아풍의 집들이 늘어선 주택가에서 여섯 살, 네 살배기 두 아이를 키우고 있다. 그는 때때로 아내 엘로이즈에게 깊은 애정을 느꼈지만, 자신의 감정 패턴을 분석해봤을 때 그녀를 향한 욕망이 늘 어떤 특정 맥락에서만 생겨난다는 사실을 인정하지 않을 수 없었다.

　거의 십 년 세월이 흘렀음에도 그의 사랑의 진앙震央은 엘로이즈가 생면부지의 남이었던 때, 노팅힐의 어느 술집에서 처음 만난 직후의 순간에 머물러 있었다. 둘은 당시 엘로이즈가 막 끝낸, 보르네오의 혈족의식에 관한 대학 졸업논문을 가지고 이야기꽃을 피웠다. 엘로이즈가 자리에 함께 있던 자기 친구를 그가 너무 무시한다며 장난스럽게 나무라는 동안, 그는 그녀의 면 블라우스 단추를 끄르는 상상에 골몰했다.

　첫 데이트를 하러 나가기 전부터 벤은 미심쩍은 구석이라곤 한 군데도 없이, 사랑에 빠진 느낌이 어떤 건지 알았다. 그리고 그날 저녁 청바지 속으로 자꾸 손을 밀어넣는 그를 제지하며 이러기엔 좀더 시간이 필요하다고 엘로이즈가 고집을 부리는 바람에, 둘이서 그녀의 어린 시절 것부터 앨범을 죽 훑어보는 동안에도 분명히 느꼈다. 여덟 살의 엘로이즈는 코스타 델 솔 모래사장에서 깡마른 하얀 다리를 드러내고 개구쟁이 같은 미소를 짓고 있었다. 중학교 입학식 날의 엘로이즈는 자전거에 올라앉아 있었는데, 두 앞니 사이의 살짝 벌어진 틈이 청순해 보였지만, 그게 혹자에게는 마냥 순수하지만은 않은 어떤 상념을 불러일으킬 것 같았다.

그곳엔 사랑이 있었다. 요크셔에서 보낸 어느 주말의 작은 침대와 아침식사에도, 언젠가 출장길에 챙겨둔 KLM항공의 (기내물품으로 제공된 것인데, 가볍게 쓸 만해 가져왔더니 접힌 자리에서 아련히 등유 냄새가 풍기고 저 높은 창공의 찬 기운이 되살아나던) 파자마를 엉거주춤 걸친 채 나눈 그들의 첫 섹스에도, 노랫말처럼, 사랑은 있었다.

하지만 긴 시간을 지나오면서 전혀 아무런 느낌이 없었던 때도 많았다. 이를테면 결혼식 날이 그랬다. 집을 사서 전부 새로 수리하던 몇 년 동안에도 마찬가지였다. 하지만 엘로이즈가 딸아이 한나와 함께 쇼핑하러 나섰다가 길에서 쓰러진 날, 사랑은 뜻밖의 순간에 되돌아와 다시금 그에게 확신을 주었다. 패딩턴의 병원 응급실로 실려간 엘로이즈는 급성패혈증 진단을 받았고, 담당 의사가 나중에야 알려준 사실이지만, 죽음의 문턱까지 갔었다. 벤은 여태껏 누군가가 그 지경까지 갔다가 되돌아온 것을 본 적이 없었다. 성마리아병원 중환자실에서 양팔에 튜브를 꽂은 채 산소마스크를 쓰고 힘겹게 숨쉬는 엘로이즈와 환자복 밑으로 연결된 심장 모니터를 밤새워 기도하며 지켜보는 동안, 벤은 사랑의 존재를 추호도 의심하지 않았다. 엘로이즈가 곁에 없다면 결코 다시는 삶의 의미나 기쁨을 알 수 없을 것만 같았다. 그럼에도 불구하고 사실상 이 특권을 박탈당하지 않으리라는 것이 확실해질수록 기이하게도 그 감정은 점점 더 불확실해졌다.

이렇게 벤은 누군가를 사랑하는 일 특유의 고충을 알게 되었다. 상대에게 전념하지 못하는 사람을, 무관심한 사람을, 미지의 운명 혹은 죽음을 향해가는 사람을 사랑하는 일의 힘겨움을.

그리고 직시하게 되었다. 생의 마지막 순간까지 사랑하는 이와 함께 살고 그 사람을 소유할 수 있으리라는, 연인들의 첫번째 기대가 실은 얼마나 엄청난 것인지를 깨닫는 순간, 그 사랑은 최대의 시련과 맞닥뜨린다는 사실을.

부부 침대 *The Marital Bed*

그것은 여러 해 전 유럽풍 가구 전문 아웃렛 매장에서 구매한 침대였다. 다리는 고급스러운 알루미늄 소재고, 머리받침엔 다크베이지색 쿠션이 놓여 있으며 너비는 180센티미터였다. 벤은 침대의 한쪽 절반을 차지한 채 드러누웠고, 다른 절반엔 엘로이즈가 앉아 있었다.

두 사람은 폭탄머리를 한 호주 출신 리포터가 진행하는 여행 프로그램을 시청중이었다. '스쿠터 타고 이탈리아 구경하기'라는 콘셉트로 가볼 만한 관광지를 소개하는 프로그램이 있는데, 방금 오르비에토^{이탈리아 중부 움브리아 주의 바위산에 자리잡은 중세도시로 시내 차량 통행이 금지되어 있다}에 도착한 텔레비전 속의 호주 사람은 그 지역 최고의 아이스크림 가게를 찾아내겠다는 야심찬 포부를 밝혔다.

하지만 엘로이즈는 리포터가 흡족해할 만큼 이 탐사에 주의를 기울이지 못했다. 텔레비전을 틀어놓고서 작은 거울과 핀셋을 가지고 눈썹 뽑기에 열중하고 있었기 때문이다. 그녀의 생기 넘치는 숱 많은 눈썹은 벤이 처음부터 감탄해 마지않았던 것으로, 근거는 전혀 없었지만 그에게는 이것이 성적 에너지의 상징처럼 보였다.

먼저 샤워를 끝낸 엘로이즈는 하얀색 타월을 느슨히 감고

가슴을 드러낸 채 누워 있었다. 연애할 때만 해도 벤은 이 젖가슴이 어떻게 생겼을까 상상하느라 아주 많은 시간을 보냈다. 처음으로 젖꼭판을 동그라니 어루만졌을 때는 완전히 이성을 잃고 흥분하기도 했다. 하지만 이제 그것은 신체의 다른 부분, 가령 엄지손가락이나 정강이보다 더 눈여겨보거나 한마디 보태거나 더 흥분할 만한 어떤 여지도 주지 않은 채 벤의 눈앞에 풀어져 있었다.

에로티시즘이란 결국 벌거벗은 몸과는 그다지 관련이 없다. 그것은 서로가 서로를 욕망하고 있다는 심리적 기대감에서 비롯되는데, 어쩌면 스키복과 모자로 꽁꽁 싸매고 나란히 리프트에 앉아 산기슭을 오르는 두 사람 사이에 존재할 가능성이 훨씬 더 높다. 텔레비전 화면 속 리포터가 피스타치오 코르네토 아이스크림을 격찬하는 동안, 방안의 부부 침대에는 발트 해의 누드 비치 같은 무덤덤한 분위기가 감돌았다.

프로그램이 끝났고, 엘로이즈도 미용도구들을 내려놨다. 열시 반이었다. 창밖에선 잉크블루빛 하늘을 배경으로 구름들이 움직여갔다. 어둠 속 아득한 곳에서 아시아로 향하는 마지막 항공편 가운데 하나인 제트여객기의 굉음이 들려왔다. 벤은 침대 건너편으로 손을 뻗어 엘로이즈의 손을 가볍게 잡아쥐었다. 어느 쪽도 더이상 움직이지 않았다. 그것은 지극히 순정한 풍경이었다. 하지만 뒤이어 무거운 과제가 기다리고 있었다. 벤은 섹스를 시도하는 중이었다.

일단 결혼만 하면 상대에게 섹스를 청할 때 으레 수반되는 불안으로부터 완전히 벗어나게 될 거라고 생각할지도 모르겠다. 이론상으로는 결혼한 남녀 사이에서 섹스가 상시적으로 일어날 수 있는 일이긴 하다. 그렇지만 어떤 특별한 경우에라도 그 행위에 이르는 노정이 정당화되거나 용이해지지는 않는다. 설상가상으로, 무한한 가능성이 담보되었음에도 불구하고 섹스할 수 없다면, 이는 다른 상황에서 맞닥뜨리는 난국보다 훨씬 심각한 기본원칙의 위배처럼 느껴질 수 있다.

방금 술집에서 만난 상대와 잠자리를 갖지 못하는 것은 놀랄 일이 아니다. 이런 퇴짜에는 나름의 대처방법이 있다. 반면, 평생을 함께하기로 서약한 사람과 섹스할 수 없다는 것, 이것은 훨씬 더 기이하고 창피스러운 사태다. 벤과 엘로이즈가 마지막으로 섹스한 게 꼬박 팔 주 전이었다. 그사이 영국 남부는 온통 겨울잠에서 깨어났다. 블루벨이 활짝 피었고, 어린 붉은가슴울새들은 첫 비행을 무사히 마쳤으며, 지칠 줄 모르는 수도首都의 꿀벌들은 정력적으로 꽃밭 순찰에 돌입했다. 비교적 긴 편이긴 하지만, 그들 사이에 이 정도 공백이 이례적인 일도 아니었다. 이제 벤은 그 날짜라면 귀신같이 기억했다. 지난번엔 육 주 만이었고, 지지난번엔 십 주 만이었다. 작년 한 해를 통틀어 벤과 엘로이즈는 여섯 번 했다.

욕망을 해방하는 쪽으로 나아가고 있는 근래의 역사가 사람들에게 다음과 같은 믿음을 심어주는 데 초점을 맞추어왔음은 분명해 보인다. 우리는 볼품없는 의상으로 신체를 가릴 필요가 없으며, 원치 않는 아이를 낳아 기르게 될까 염려하지 않아도 된다. 그리고 섹스를 즐겁게 자주 맛보아야 할 감정적으로 풍요롭고 순수한 오락 이상의 다른 무엇으로 여길 필요는 전혀 없다.

사정이 이런 만큼, 벤이 처한 곤경은 특별히 수치스러운 일이었다. 보수세력은 전복되었고, 한때 섹스의 외설성과 중독성에 대해 근엄하게 경고하던 자들도 모두 입을 다물었다. 그러므로 일 년에 여섯 번 섹스를 한 벤은 자신의 인생만 즐기지 못한 것이 아니라 역사의 큰 흐름까지 거스르는 중이었다.

벤은 당연히 아무에게도 이 사실을 털어놓을 수 없었다. 지인들과의 저녁모임 같은 자리에서 아주 심각하면서도 동시에 정말 대수롭지 않은 화제를 꺼내기란 정말 쉬운 일이 아니다. 사람을 만났을 때 끊임없이 대화가 이어져야 한다는 사실을 감안하면, 우리는 상대가 설령 겉으로는 활기차 보일지라도 그/그녀가 성생활에서 겪고 있는 깊은 고민이나 자살충동에 관한 얘기를 털어놓을 방법을 찾으려 애쓰고 있을지 모른다는 전제하에 만남에 임해야 할 것이다.

"당신, 졸린가봐."

벤은 그렇게 말했지만, 그의 속마음은 '그렇게 안 내킨다는 표정 좀 제발 짓지 마'였다.

"아침에 너무 일찍 일어났더니 피곤하네."

엘로이즈가 하품을 하며 대답했다. 서른아홉 해에 걸친 심리분석 경험을 바탕으로, 벤은 그녀의 말을 '당신 그러는 거 아주 징그러워'라고 해석했다.

그들은 어둠 속에서 가만히 누워 있었다. 그녀는 몇 번이나 뒤척이다가 그에게 등을 돌리고 몸을 한껏 웅크린 뒤에야 비로소 편안해진 숨소리를 냈다. 밖은 자동차 소음, 고양이 울음소리, 새된 비명, 파티에서 돌아오는 사람들의 흥겨운 말소리 등으로 시끄러웠다. 그리고 안에선 벤의 심장이 아프게 무너져내리는 소리가 들려왔다.

사랑의 통합이론

The Unified Theory of Love

현대의 바람직한 결혼생활을 통해 경험하리라고 기대되는 감정들 가운데 새삼스러울 만한 것은 전혀 없다. 그것은 시대와 문화를 막론하고 각종 예술과 문학작품 속에 잘 묘사되어 있다. 그럼에도 현대의 결혼에 담긴 야망이 예사롭지 않다고 한다면, 이는 결혼이 그러한 감정들을 평생에 걸쳐 반드시 '단 한 사람'에게만 품어야 한다고 요구하기 때문이다.

12세기 프로방스의 트루바두르Troubadour, 사랑과 모험을 주제로 한 기사도 문학의 효시로, 중세 프랑스의 귀족계급 출신 음유시인을 가리킨다가 묘사한 낭만적 사랑은 여러 가지 복잡미묘한 측면을 갖고 있었다. 눈앞에 있는 고귀한 존재로 인해 불러일으켜진 애절한 감정, 그녀와 다시 만날 가능성을 점치는 불면의 밤, 사람의 마음을 쥐락펴락하는 단 몇 마디의 말 또는 눈길 한 번이 가진 위력. 하지만 이들 궁정 조신朝臣들에겐 자신의 숭고한 감정에 상응하는 목표, 가령 숭배의 대상과 가정을 이루겠다거나 열렬히 사랑하는 상대와 잠자리를 가지겠다는 의욕을 품을 마음은 전혀 없었다.

18세기 초 파리의 리베르탱Libertin, 종교적·도덕적 규범에 반대하여 이성과 합리를 내세운 자유사상가를 일컫는 말로, 분방한 연애를 추구해 탕자의 대명사가 되었다은 섹스와 관련된 감정의 레퍼토리를 상당히 능숙하게 꿰고 있었다. 누군가의 옷 단추를 처음으로 끄를 때 맛보는 환희, 촛불 아래서 느긋하게 서로를 탐색하며 느끼는 흥분, 미사 시간에 은밀히 상대를 유혹하는 행위가 주는 전복적 쾌감 등등. 하지만 이들 성애의 탐험가들 역시 자신이 추구하는 쾌락을 인생의 동반자를 찾아 우정을 나누거나 아이들로 북적이는 탁아소를 차리는 국면으로는 전개하지 않았다.

소규모 가족집단을 이루어 그 안에서 안전하게 다음 세대를 번식시키려는 본능에 관해서라면, 이 과업은 그 옛날 인간이 동아프리카 지구대에서 직립보행을 시작한 이래로 인류의 대다수가 알아서 잘 실행해왔다. 하지만 둘 사이에 강렬한 성적 갈망이 없다거나, 자식의 한쪽 부모인 상대를 마주할 때마다 애틋한 마음이 일지 않는다는 이유로 과업 자체를 실패로 간주한 적은 정말 거의 없었다.

18세기 중반까지만 해도 대다수의 성인들은 인생에서 낭만적 사랑과 성애, 그리고 가족이란 요소가 양립할 수 없다고 믿었다. 혹은 적어도 각각의 측면이 독립적인 요소라고 생각하는 것에 어떤 문제가 있다고는 생각하지 않았다. 그러다가 18세기 중

반 이후, 유럽의 부유한 나라들의 특정 사회계급을 중심으로 주목할 만한 하나의 새로운 이상이 생겨나기 시작했다.

즉, 결혼을 하고 난 다음부터 부부는 자식을 위해서 상대를 참아주어야 할 뿐만 아니라, 깊이 사랑하며 또한 서로를 계속 욕망해야 한다는 놀라운 생각이 등장한 것이다. 이제 기혼자들은 트루바두르가 귀부인에게 표현한 것과 같은 성질의 낭만적 열정과, 프랑스 귀족 체제의 정욕 감별사였던 리베르탱이 탐구했던 것과 똑같은 성적 열광을 부부관계에서 보여주어야 했다. 이 새로운 이상은 우리의 가장 절실한 욕구들이 단 한 사람의 도움만 있으면 일거에 해소될 수도 있다는 강력한 이념을 세상에 내놓았다.

결혼에 대한 새로운 이상이 부르주아라는 특정 경제계급에 의해 만들어지고 지지를 받은 것은 결코 우연이 아니다. 여기엔 자유와 제한의 균형이라는 부르주아의 철학이 신기할 정도로 뚜렷하게 반영되어 있기 때문이다.

기술과 상업의 발달로 경제 규모가 급속도로 팽창하면서 더욱 대담해진 부르주아는 최하층 계급에나 걸맞은 수준의 낮은 기대치에 만족할 필요가 더는 없었다. 오락을 위해 쓸 수 있는 약간의 여윳돈이 있었던 만큼, 부르주아 변호사와 상인은 그저 다가올 겨울을 함께 이겨낼 사람이 아니라 수준을 좀 더 높여서 그 이상의 것을 함께할 배우자를 바라게 되었다.

그러나 다른 한편으로 그들의 재원은 한정되어 있었다. 그들에겐 트루바두르 가문이 누리는 무한한 재정적 풍요가 없었다. 세습되어 내려온 트루바두르의 재산은 그들이 사랑하는 연인의 이마를 예찬하는 편지를 쓰는 데만 삼 주쯤은 너끈히 허비하도록 해주었다. 하지만 부르주아에게는 경영해야 할 사업과 관리해야 할 창고가 있었다.

그렇다고 부르주아가 귀족인 리베르탱이 부리는 오만을 스스로에게 허락할 수 있는 것도 아니었다. 귀족 탕아들의 권력과 지위는 그들에게 남의 가슴을 찢어놓고 그 가정을 파탄내도 괜찮다는 뻔뻔함을 보장해주었을뿐더러, 그들의 못된 장난이 어떤 불미스러운 결과를 낳든 그것을 말끔히 치워버릴 수 있는 수단도 제공해주었다.

이들과 비교하면 부르주아는 낭만적 사랑을 결코 믿지 않을 만큼 먹고사는 문제에 짓눌려 있지도 않았지만, 성적으로나 정서적으로 전혀 거리낌 없이 복잡하게 얽혀들 만큼 자유롭지도 않았다. 그리하여 정서적 욕구와 현실적 한계 사이에서 적절한 균형점을 찾아내야 하는 곤경에 처한 부르주아는

'영원을 서약한 단 한 사람에게 합법적으로 투자하여, 그로부터 최대의 성과를 거두고자 갈망하기'라는 빈약한 해법을 찾아냈다.

거의 같은 시기에 '생계'와 '자유'의 문제를 결부하는 매우 유사한 현상이 '현대인의 행복'을 떠받치고 있는 두번째 기둥인 노동에서도 나타났다는 것은 우연일 리가 없다. 수세기 동안, 노동이 고통스럽지 않을 수도 있다는 생각은 전혀 설득력이 없었다. 아리스토텔레스는 품삯을 받기 위해 하는 일은 모두 노예의 노동이나 마찬가지라고 했다. 기독교는 이 암울한 정의에다, 노동의 괴로움은 아담의 원죄에서 비롯한 피할 수 없는 속죄 행위라는 개념까지 덧붙였다.

하지만 결혼에 대한 재고가 이루어지고 있던 바로 그 무렵, 노동과 관련해서도 새로운 주장들이 나오기 시작했다. 노동은 단지 생존을 위해 뛰어든 눈물의 골짜기만은 아니며, 오히려 자아실현과 창조에 이르는 길일 수도 있다는 것이다. 그리고 그것은 돈벌이와 상관없이 하는 어떤 행위들만큼 재미있을 수도 있었다. 과거 귀족계급이 오로지 취미하고만 연관시켰던 미덕들을 특정 형태의 유급노동에서도 찾아볼 수 있게 된 것 같았다. 즉, 취미를 직업으로 삼으면 되는 거였다. 어차피 하고 싶었던 일을 돈을 받고 하는 것뿐이다.

노동에 대한 부르주아의 이상은 배우자를 선택하는 경우처럼 어떤 중간적 태도가 구체화된 것이었다. 돈을 벌기 위해 일을 해야 하지만, 그것이 즐거울 수도 있다. 그리고 결혼에는 고된 양육과 상당량의 가사노동이라는 짐이 부여되지만, 정사情事와 성애를 탐하는 즐거움을 만끽하지 말아야 할 이유도 없다.

부르주아의 결혼관은 그전까지는 너그럽게 봐주거나 적어도 한 개인이나 가정을 파괴하는 원인으로 여기지는 않았던 수많은 행위들을 금기로 만들었다. 감정적으로 시들한 배우자와의 관계, 성관계 실패, 불륜, 성불능 등등. 배우자가 아닌 다른 사람과 섹스하는 것이 가정 파탄의 이유가 될 수 있다는 생각이 리베르탱에겐 터무니없어 보였듯이, 부르주아에겐 뜨겁게 사랑하지 않는 사람과 결혼할 수도 있다는 것은 말도 안 되는 생각처럼 보였다.

부르주아의 야심찬 낭만적 이상이 구축되는 과정은 당대의 소설에도 뚜렷하게 자취를 남겼다. 제인 오스틴의 작품들이 여전히 현대적으로 느껴지는 까닭은, 등장인물들에 불어넣은 그녀의 열망이 우리 자신의 열망을 거울처럼 비추고 있는 한편 그것이 형성되는 데에도 기여했기 때문이다. 『오만과 편견』의 엘리

자베스 베넷이나 『맨스필드 파크』의 패니 프라이스처럼, 안정적인 가정을 꾸리고 싶다는 소망과 배우자에 대한 진실한 감정이 잘 어우러지기를 우리 역시 간절히 바라고 있다.

하지만 소설의 역사는 낭만주의적 이상의 어두운 측면들 또한 보여준다. 19세기 유럽의 위대한 두 소설 『보바리 부인』과 『안나 카레니나』에서 우리는 두 여자를 만나게 되는데, 이들은 시대상황과 사회적 지위에 걸맞게 연인이 일련의 복합적인 자질을 갖추고 있기를 갈망한다. 그가 남편이자 트루바두르인 동시에 리베르탱이길 바라는 것이다.

그러나 엠마와 안나 두 경우 모두, 삶은 그녀들에게 세 가지 중 첫번째 하나만을 허락한다. 그녀들은 경제적으로는 안정되어 있지만 사랑 없는 결혼생활에 갇힌다. 이는 현대인의 눈으로는 견딜 수 없는 일 같아 보이겠지만, 과거에는 선망과 축하를 받을 만한 일이었다. 게다가 그녀들은 결혼생활에서 벗어나 정사를 벌이려는 자신들의 시도를 용인하지 못하는 부르주아 세계에 거주하고 있었다. 그녀들의 자살로 마무리되는 소설의 결말은 서로 융화될 수 없는 요소들을 하나로 묶으려는 새로운 사랑 모델의 모순적 특징을 극명하게 드러낸 예이다.

부르주아의 이상이 결코 허황된 꿈은 아니다. 로맨스와 에

로스, 그리고 가족이라는 세 가지 황금요소를 완벽하게 융화
시킨 궁극의 결혼도 당연히 있다. 종종 냉소주의자들은 행복
한 결혼은 신화일 뿐이라고 말하고 싶어한다. 하지만 그렇게
섣불리 치부하고 단언할 수만은 없다. 가능성이 매우 희박하
긴 해도, 궁극의 결혼은 분명 존재한다. 결혼이 우리의 소망
에 부응하지 말아야 할 형이상학적 이유 같은 건 없다. 다만
상황이 우리에게 몹시 불리할 뿐이다.

감정과 이성 *Emotions and Reason*

5월 초의 어느 주말, 엘로이즈는 공원으로 가족 나들이를 가자고 제안했다. 그녀가 보기엔 자기네 식구들이 너무 집안에서만 시간을 보내는 것 같았는데, 특히 바깥 날씨가 화창하면 이런 생각이 더 뚜렷해졌다. 그러던 차에 우연히 시내 반대편 끝에 위치한 대규모 놀이공원을 소개하는 가이드북을 보게 되었다. 그곳에는 훌륭하게 조성된 어린이 놀이터와 바운시캐슬공기를 주입해 부풀린 비닐 소재의 거대한 성 모양 놀이기구도 있다고 했다.

아침을 먹자마자 그녀와 벤은 한나와 노아를 차에 태우고 동쪽으로 달렸다. 도로 정체가 심해 놀이공원이 있는 동네까지 가는 데 거의 한 시간이나 걸렸다. 그런데 근처에 다 가서도 거미줄처럼 얽힌 주택가 도로를 실속 없이 뱅뱅 맴돌기만 했다. 아무래도 누군가의 도움을 받지 않고는 목적지를 찾아내기 어려울 것 같았다.

"창문 열고 길 좀 물어봐."
엘로이즈는 다소 성마른 기색으로 남편에게 말했다.
"굳이 안 그래도 찾을 수 있을 거야."
벤이 대답했다.
"찾기 전에 답답해 죽겠다. 좀 물어봐."

"내가 지금 가장 하기 싫은 게 바로 그거라고."

"이런 상황에서까지 그렇게 유난을 떨어야겠어?"

"그 유난이 내 거라도 내 맘대로 되는 건 아니니까, 당신이 해."

"내가 앉은 쪽에선 인도까지 거리가 멀잖아. 당신이 해."

엘로이즈는 조수석 도어에 달린 버튼을 눌러 벤이 앉은 운전석 창문을 내렸다. 가죽재킷 차림에 머리를 빡빡 깎은 남자가 조그만 검정색 테리어의 목줄을 쥔 채 식료품점에서 걸어나오고 있었다. 남자와 보조를 맞추기 위해 서서히 차의 속도를 줄였다.

"근데 난 진짜 저 남자한테는 물어보기 싫어."

벤이 사정했다.

"난 기름 떨어질 때까지 계속 여기서 맴돌고 싶지 않아."

"못 하겠어."

"꼭 해야 돼."

"그게 뭐든지 꼭 해야 하는 걸 '안 할' 수도 있는 거야. 바보 같은 소리란 거 알지만, 하여튼 그런 게 있다고."

뒷좌석에선 노아가 한나의 배낭에 붙은 스티커를 벗겨내기 시작했다. 찰싹 때리는 소리, 이어서 비명소리가 들렸다.

"벤, 제발, 우리 둘 다 성인이잖아. 저 남자한테 공원이 어딘지 물어보지 않으면 나는 이 소풍 관두고 집에 갈 거야."

"당신이 자꾸 길을 물어보라고 강요하면 나도 이 소풍 관둘 거야."

"한심해."

"당신은 파시스트야."

"공원 가는 길 좀 물어보라고 남편에게 시켰다고 파시즘 딱지를 붙일 역사학자는 아무도 없을걸."

"남편이 정말로 원치 않는 일을 강요하는 거라면 얼마든지 파시즘인 거야. 사실 난 여기 있는 것조차 싫어. 이 짜증나는 나들이는 당신 생각이었다고."

"당신이 그렇게 바보 천치처럼 굴지만 않았어도 이렇게 짜증스럽진 않았겠지."

이 모든 대화가 햇볕 좋은 어느 날, 런던 동부에서, 원래는 예의바르고 상냥하며 온순하고 지적인데다 교양까지 갖춘 두 사람 사이에서 오갔다는 사실. 이 점을 곰곰 새겨보아야 한다. 그리고 지금 그들의 삶이 펼쳐지고 있는 이곳은 이전까지 인류를 황폐하게 만들었던 수많은 해악들을 성공적으로 물리치고 난 이후의 세계라는 사실도 기억하자.

이들에겐 수도꼭지를 틀기만 하면 나오는 깨끗한 물, 백신, 풍족한 식량, 직업과 평화가 있다. 우리의 두 주인공이 당장 해결해야 할 재정적 궁핍에 직면한 것도 아니다. 그런데도 바로 이 순간 두 사람은 서로에 대한 짜증이 극에 달해 완전히 기분을 잡쳤기 때문에, 이 곤경에서 벗어날 수만 있다면 당장 사약 한 사발이라도 들이켤 의향이 있었다고 말해도 그리 심한 과장은 아닐 것이다.

일반적인 가정에서 부부싸움의 평균 횟수가 얼마인지에 대해서는 거의 논의된 적이 없다. 벤과 엘로이즈의 경우 대략 일주일에 한 번은 자잘하게 싸웠고 보름에 한 번은 대판 싸웠다. 심각한 부부싸움은 그 자체로 너무나 불쾌한 일이라 일단 싸움이 끝나면 자신들이 어떤 지경까지 갔었는지 되돌아보는 일조차 끔찍했다. 싸움의 순간에는 그들이 가끔 가보는 곳이라곤 차마 인정하기 싫은 세계에 속해 있는 것 같았다. 지난 몇 개월 사이에 있었던 대규모 논쟁은 다음과 같은 주제를 중심으로 벌어졌다.

여름휴가는 핵가족답게 노포크의 시골집에서 보낼지(벤의 입장) 아니면 가족 동반으로 스페인에 놀러가자는 친구들의 초대에 응할지(엘로이즈의 입장), 아이들에게 휴일처럼 특별한 날에만 아이스크림을 줄지(벤의 입장) 아니면 먹고 싶다고 하면 언제든 주는 게 좋을지(엘로이즈의 입장), 현관 벽에 자전거

체인의 기름때가 묻었으니 수일 내로 페인트칠을 해야 할지(벤의 입장) 아니면 집안의 다른 뭔가가 망가져서 전체적으로 새 단장이 필요해질 때까지 몇 달이고 내버려둬도 괜찮은지(엘로이즈의 입장) 등이었다. 물론 가장 최근에 다뤄진 심각한 사안은, 마음이 내키지 않으면 모르는 사람에게 길을 묻지 않아도 되는지(벤의 입장) 아니면 그것은 단지 의지박약의 문제인지(엘로이즈의 해석)였다.

객관적으로 봐도 사소하고 남들이 보기엔 터무니없는 이런 종류의 싸움 때문에 결혼생활에 종지부를 찍게 된다면, 이는 모두 야망에서 비롯된 것이다. 누군가와 사랑에 빠지는 일은 상대가 내 눈에 어떤 사람으로 비쳐야 하고 그와 함께하는 삶이 어떻게 펼쳐져야 마땅하다는 이상을 바탕으로 서로의 행복을 염원하는 것이다. 이는 가장 높은 수준의 질문, 즉 아이들 교육은 어떻게 시키고 어떤 집을 장만할 것인가에서부터 가장 낮은 수준의 질문, 소파는 어디에 놓고 화요일 저녁엔 뭘 하며 보낼까에 이르기까지 광대무변한 행위들의 범주를 두루 아울러 최고의 완벽을 구현하려는 시도다.

따라서 우리가 품고 있는 이상이 고통스러운 배신과 맞닥뜨리게 될 가능성 또한 결코 적지 않다. 문제 중 하나는, 일단 결혼을 하고 나면 '대수롭지 않은' 디테일이란 건 더이상 존재하지 않는다는 점이다. 계획에 수반되는 완벽을 향한 의지는 지칠 줄 모르는 전일론적全一論的 갈망이기 때문이다.

이와 유사한 폭압적 완벽주의의 예를 예술에서 찾아볼 수 있다. 예술가는 캔버스의 모든 모서리를, 교향곡의 음표 전체를 단속하고자 한다. 마찬가지로 결혼생활하는 부부들은 화장실 타일을 선택하는 것에서부터 남에게 사과할 때 구사해야 할 억양에 이르기까지, 삶의 전 영역에 걸쳐서 무엇을 어떻게 해야 하는지에 대해 배우자에게 줄기차게 의견을 제시한다. 〈메시아〉의 마지막 악장에서 트럼펫이 음정을 틀리자 격노했던 헨델을 질타할 수 없듯이, 오븐 접시를 닦는 일이나 장모/시어머니에게 감사 인사를 드리는 올바른 방법을 놓고 언쟁을 벌이는 부부를 보고 놀라서는 안 된다. 물론 헨델은 음악이 연주되는 몇 시간 동안에만 자신의 완벽주의를 행사할 만큼의 절제력은 갖고 있었다. 그에 반해 평균적인 부부들은 커뮤니케이션, 요리, 미학, 교육, 정치, 패션, 섹스, 재정에 이르는 온갖 영역에서 끊임없이 상대에게 자신의 이상을 관철하려 든다.

사회적 관계의 모순 중 하나는, 우리가 사랑한다고 주장하는 이들보다 좋아하지도 않는 사람들에게 결국은 훨씬 더 잘

해주게 된다는 사실이다. 말만 많고 특별히 좋아하지도 않는 직장 동료들은 하루종일 성심성의껏 대하다가, 저녁에 집에 와선 잔소리를 평소보다 조금 심하게 했다거나 열쇠꾸러미 챙기는 걸 깜빡했다는 이유로 솜씨 좋고 상냥한 아내를 매몰차게 면박 주는 남자를 어떻게 설명할 것인가. 아마도 그가 두 사람의 관계에 대해 매우 진지한 기대를 품고 있기 때문인지 모르고, 어쩌면 이런 게 사랑인지도 모른다. 누군가와 작정하고 싸우려면 먼저 그에게 아주 많이 관심을 가져야 하는 법이다. 상대에게 욕을 하고 그 사람의 물건을 창밖으로 던져버릴 마음을 먹으려면 먼저 깊고 유별한, 진정한 애정을 갖추어야 하는 것이다.

결혼은 또한 우리를 교육자로 둔갑시킨다. 우리는 수많은 방식으로 사랑하는 사람을 선과 진리의 길로 개심시키려 든다. 물론 사랑의 개념에 교육의 과정이 수반되는 것이 무조건 해롭다고는 할 수 없다. 이론상으로야 우리는 당연히 교육받아야 할 필요가 있다. 그러므로 우리 모습 가운데 탐탁지 않은 부분을 지적해주고, 대부분의 사람들이 느끼고 있으면서도 모르는 척하거나 아쉬울 것이 없어서 언급하지 않는 우리 자신의 부정적인 측면들을 기꺼이 용인해주는 배우자에게 박수를 쳐줘야 마땅하다.

우리가 남편이나 아내로부터 듣는 비판들은 대개 고통스럽지만 진실이다. 싸우다가 한껏 열이 오르면 우리는 종종 다음과 같이 생각하며 스스로를 위로하려 애쓴다. 친구들 대부분(나의 입장에 공감하며 이 장면을 지켜보리라고 상상하는 사람들)이 나는 원래 참 좋은 사람인데 이렇게 죽자고 싸우는 이유는 오로지, 하필이면 바가지 긁는 저런 인간과 결혼한 탓이라고 여겨줄 거라고 말이다. 하지만 현실은 훨씬 암울할 가능성이 높다. 내 친구들은 나의 성격적 결함을 굳이 지적해줄 정도로 나를 사랑하지 않는 것뿐이다.

교육에 대한 야망은 특히 그것을 실현하는 방식에서 문제가 불거지곤 한다. 우리가 맺고 있는 관계가 너무나 중요한 탓에 주차하기, 영화 감상하기, 여행가방 꾸리기, 돈 관리, 파스타 삶기 등에 대해 자세하고 유용하면서도 효과적인 방법을 가르칠 정도로 냉정한 정신상태인 경우가 거의 없다. 실패 혹은 실패에 대한 암시를 지나치게 염려한 나머지(잘못된 사람과 결혼해서 인생을 망친 건 아닐까?) 이미 제정신이 아닌 것이다.

우리는 자신의 학생을 구슬려 달래지도 못하고, 뭔가 배우고 싶도록 마음을 사로잡지도 못하며, 그렇다고 혼란스러워하는 상대를 이해해주거나 산만한 태도에 인내심을 발휘하지도 못한다. 설명은 극도로 아끼면서, 시작부터 다짜고짜 화난 눈빛으로 목청을 한껏 높여 상대가 말귀를 못 알아듣는다고 꾸짖을 뿐이다. 그리고 뛰어난 간파력을 발휘해 상대를 괴롭히고 자존심을 건드린다. 자신의 가르침이 궁극적으로 성공인지 실패인지 여부에 그다지 연연하지 말아야 한다는 것이 훌륭한 교사의 전제조건 중 하나라고 할 때, 연인 사이란 이를 깨닫기엔 최악의 조건이다.

우리가 형편없는 짓을 저지르는 이유가 이론지식이 부족해서는 아니다. 같은 종種으로서, 왜 부부가 서로를 괴롭히고 결혼에 실패하는지를 우리는 이미 정확히 알고 있다. 심리치료 전문가 제럴드 위크스와 스티븐 트리트가 엮은『커플 심리치료 : 효과적인 실무를 위한 테크닉과 접근법』같은 심리학 가이드북을 보면 그 실상이 과장 없이 소개되어 있다.

하지만 덥고 지친 상태에서 바운시캐슬을 찾아 생소한 동네를 헤매고 있을 때는 그런 두꺼운 책 속에 담긴 지혜는 전혀 도움이 되지 않는다. 우리는 맹렬한 속도로 솟구치는 실망감에 짓눌려 모든 걸 망쳐버린다. 그리고 서로 말꼬리 잡고 늘어지며 비난하는 데만 급급한 난투극을 넘어서서, 잠시 싸움을 멈추고 일련의 상황을 되돌아보며 상처와 두려움의 근원을 찾아나가는 방향으로 토론의 언어를 바꾸지 못하는 우리 자신의 무능함에 좌절하고 만다.

제럴드 위크스와 스티븐 트리트라면 벤과 엘로이즈가 각자 상대의 어리석음과 사악함을 주장하며 끊임없이 서로를 심문하도록 내버려두지 않을 것이다. 그들은 이들 부부가 어쩌다 이런 생지옥을 만들게 되었는지 낱낱이 추적할 테니까(애들 걱정일랑 메리 포핀스ᵖᵃᵗᵗᵉʳⁿ 패멀라 트래버스의 동화 속 유모에게 맡겨두면 그만이다). 심리분석가들은 벤과 엘로이즈에게 저마다 특유의 유년기 경험에서 비롯한 왜곡된 감정의 골이 있고, 이로써 그들의 성격 속에 자리잡게 된 어떤 공포가 언쟁의 순간 불가피하게 극단적으로 표출되는 것뿐이라는 사실을, 두 사람이 인정할 때까지 책임지고 끝까지 파헤치려 들 것이다. 이 과정을 거쳐야만 쩨쩨한 남자와 결혼한 건 아닐까 두려워했던 엘로이즈와 독불장군에게 잘못 걸린 게 아닐까 염려했던 벤은 비로소 안심할 수 있다.

안타깝게도 이런 서비스는 아직 존재하지 않는다. 현재 자본주의는 발달의 초기 단계에 불과하다. 우리는 외래종 과일

재배방법과 마이크로 반도체 제작법은 알고 있지만, 결혼생활을 꾸려나가는 일에 관한 한 효과적인 방법을 찾아내지 못해 여전히 고군분투하고 있다. 문제의 핵심은, 우리가 결혼해서 잘사는 법을 굳이 배우지 않아도 터득할 수 있다고 생각한다는 점이다. 하지만 비행기 착륙법이나 외과 수술법을 직관으로 터득하길 기대해선 안 되듯이, 아무런 도움도 없이 더불어 살기라는 과업을 완수하는 비결을 알아낼 수 있을 거라고 기대해선 안 된다.

거의 모든 활동영역에서의 교육과 훈련에 그토록 열성적이었던 부르주아가 유독 사랑의 영역에서만은 감정의 순수성이 손상될까 염려한 나머지 지나치게 이성적이거나 체계적이기를 거부하기로 결정한 것은 몹시 유감스러운 일이다.

직장에는 직원들끼리 서로 해치는 것을 방지하기 위한 인위적 절차들이 차고 넘치는데, 현대의 연인들은 자신들의 삶에 의례적 절차와 외부의 조력을 받아들이는 것을 아직도 주저하고 있다. 너무 많이 '생각'하면 '느끼지' 못할 수도 있다는 만트라mantra가 여전히 효력을 발휘하고 있는 것이다. 부단히 그리고 아주 많이 생각하지 않으면 결국 서로를 파멸시키게 되리란 사실이 자명해졌는데도, 사람들은 이를 피할 생각이 없는 듯하다.

단지 결혼하길 원한다는 사실이 결혼상태를 지속하는 법을 알아가는 데 있어서 특별히 신뢰할 만한 기반은 아니라는 것을 벤과 엘로이즈는 조금씩 깨닫고 있었다.

우리의 변덕스러운 생리식염수 속 자아

Our Shifting Saline Selves

저녁이 되자 기분이 나아졌다. 열세 시간에 걸친 이기적 자기방어 끝에, 벤의 에고는 넓은 아량으로 무조건 용서하고 감탄하며 사랑할 준비가 되었다.

포크로 사과 조각을 찍어대고 있는 딸아이, 집밖으로 보이는 나무의 맨 위쪽 가지를 향해 달려 올라가는 다람쥐, 식기세척기에 그릇을 채워넣는 아내의 모습. 뿐만 아니라 식기세척기에 장착된 기발한 기능성 부품들을 고안해내 그릇붙이와 식탁용 날붙이들을 씻고 말리는 고충으로부터 인류를 구원한 엔지니어들의 사려 깊은 서비스(이쯤 되면 '사랑'이라는 말을 써도 무리가 아닌 듯싶었다)에도 그는 새삼 감동했다.

이런 기분을 영원히 유지할 수 있으면 좋겠다고 벤은 생각했다. 덕분에 그는 엘로이즈에게 말다툼한 일을 사과하고, 아이들이 우주선 그리는 것을 도와주고, 죄책감이나 시샘 없이 자신의 직장생활을 돌아볼 수 있었다. 하지만 기분이란 변덕스러워서, 늦은 밤 낯선 이국 도시에서 우연히 발견했다가 날이 밝으면 어떻게 거기까지 갔는지 아무리 애써도 찾아내지 못하는 아름다운 광장 같았다.

벤은 자기 기분이 어떤 논리에 따라 변하는지 파악할 수 없을 때가 많았다. 수면 부족이라든가 당분 과다 섭취와 같은 명백한 생물학적 원인에 의해 기분이 바뀌기도 했지만, 대개의 경우 그 변화 경로는 파악하기 어려웠다. 인간이란 짭조름한 생리식염수 속을 떠도는 변덕스럽고 불연속적인 의식의 흐름에 불과하다.

결혼과 직업, 친구들과 조국에 대한 벤의 태도는 근본적으로 어떤 합리적 기반 위에 구축된 것이 아니라, 단속적으로 방출되는 호르몬, 분비선에서 나오는 전기적 파동, 뇌나 복부, 심장, 위장 등 미천한 장기에 퍼져 있는 뉴런 조직들이 작용한 결과처럼 보였다. 스스로에 대한 믿음, 그리고 매일 아침마다 눈뜨는 것이 값진 일이라는 믿음은 벤이 어설프게조차 그 이름과 성분을 대지 못하는 어떤 생체화합물의 존재에 달려 있었다.

지금으로부터 백 년 뒤, 마침내 기분을 바꿔주는 신통한 약을 판매하는 약국이 생겨날지도 모른다. 그 약은 우리의 내면 상태를 건설적인 방향으로 조정해줄 것이고, 우리는 '기분을 끌어올린다'는 목표하에 그날그날 효능이 다른 약을 골라 먹게 될지도 모른다. 비록 그게 중세의 외과수술 도구들처럼 어설퍼 보일 수도 있겠지만 말이다. 만약 그런 날이 온다면 궁극의 약리학적 관점에서 보았을 때 지금 우리가 말을 통해 지혜에 이르려는 노력은 천지신명님을 읊조리며 비를 내리게 하려는 시도만큼이나 헛된 일로 판명날지도 모른다.

그러나 약리학계에 혁명이 일어나기 전까지는, 토론과 통찰을 통해 우리 자신을 제어하려고 부단히 노력하는 수밖엔 별다른 도리가 없는 듯하다. 고집스럽고 불가사의하게 접혀 있는 몸속 대뇌 신피질의 고랑들 사이로 더 나은 배우자, 부모, 일꾼, 시민, 연인이 되고 싶은 우리의 합리적 희망을 새겨넣어야 한다.

대상 선택 *Object Choice*

이따금 벤은 개구쟁이처럼 장난치고 싶어지곤 했다. 마침내 아이들이 잠자리에 들고, 집이 다시 어른들 차지가 되면 그는 부엌 조리대에서 인터넷으로 공과금을 납부하고 있는 엘로이즈에게 다가갔다. 그리고 소방관 흉내를 내며 곧 큰불이 날 텐데 프로답지 못하게 행동해서 죄송하다는 멘트와 함께 그녀를 번쩍 안아올려 방을 가로질러 가면서 키스를 퍼부었다.

엘로이즈는 이런 어릿광대짓에 좀처럼 장단을 맞춰주지 않았다. 그녀는 남편이 흥분하는 게 싫었다. 그녀의 기질엔 차분한 게 더 잘 맞았다. 모든 커플은 한쪽이 잘 끓어오르는 스타일이면 다른 한쪽은 조용한 성격이라는 게 그들의 지론이었고, 그녀는 후자의 역할이었다. 벤도 초창기에는 말수 적고 내성적인 그녀의 태도가 좋았다.

그의 집안 식구들은 하나같이 목소리가 컸다. 멍이 들었다거나, 모자를 어디다 뒀는지 못 찾는다거나, 기차가 연착됐다거나 등, 사안의 경중과 상관없이 그의 부모님은 늘 야단법석을 떨었다. 그런 그에게 엘로이즈의 조신함은 한편으론 매우 마음에 들지만, 다른 한편으론 절망감을 안겨주었다. 기분이 울적한 날이면 내가 죽기라도 해야 아내가 평정심을 잃을까, 하는 생각마저 들었지만 그것조차 확신할 수는 없었다. 그녀는 항상 그에게 사랑한다고 말했다. 그런데 그 말투가 마치 덜 떨어졌거나 성격이 비뚤어진 사람이 아니고선 굳이 의심할 일이 아니라서 강조할 필요도 없는 어떤 진실을 자꾸 되풀이해 말하는 것처럼 들렸다.

소방관, 원숭이, 독일인 관광객, 네덜란드인 은행원 등등을 흉내내며 애교 있게 장난치려는 시도들은 매번 끝이 좋지 않았다. 이따금 오랑우탄 흉내를 내고 싶어질 때면 벤은 자신이 집행유예 기간 없이 평생에 걸쳐 '분별 있는 교양'을 실천하겠다는 계약에 서명했음을 새삼 깨달았다. 그리고 긴장으로 뻣뻣해진 엘로이즈의 어깨가 심리적으로 너무 부담스러웠기 때문에 여간해선 그녀를 포옹하지 않게 되었다. 반항할 것이 분명한 포로를 품에 안으려면 더 용감한 남자가 되어야만 했다.

사랑하는 사람을 선택한 이유를 설명하려고 할 때 우리는 대개 그럴듯하고 평범한 답변을 대려는 경향이 있다. 그 사람이 착하고 똑똑하고 예쁘고 건강하기 때문에 끌렸다고 말이다. 사랑은 후손을 낳고 정서적으로 풍요로워지기 위해, 즉 두 사람이 행복해지기 위해 하나가 되도록 이끄는 힘이라고 이야기한다.

하지만 아내를 생각할 때마다 벤은 이런 통설에 의문이 들었다. 엘로이즈는 건강하고 매력적이며, 무럭무럭 잘 자라는 아이들도 낳아주었다. 그럼에도 그는 배우자를 선택할 때 뭔가 좀더 비합리적이고 모순된 힘이 자신에게 작용한 것 같다는 생각을 떨칠 수 없었다.

정신분석은 이에 대해 가혹하지만 타당한 의견들을 내놓았다. 우리가 사랑에서 기대하는 것은 행복이라기보단 친밀함이라고 말이다. 우리는 단순하게 그 자체로 좋은 것보다는 평범한 것을 더 선호한다. 왜냐하면 우리들 대부분은 이상적인 방식으로 양육되지 못했기 때문이다.

우리의 부모는 자식들에게 도덕적 강박과 히스테리, 깐깐함과 속물근성, 단호함과 신중함 등 서로 상충되는 요소들로 뒤범벅된 형태의 애정을 쏟아부었다. 그래서 우리에겐 보다 덜 이상적인 상황들을 참아내는 능력이, 더 나아가 그런 상황에 대한 '욕구'가 발달한다. 우리는 결혼한 상대에 대한 불만을 토로하지만, 실은 감정적으로 훨씬 덜 힘들었던 다른 후보자들이 무수히 많았음에도 어떻게든 그들을 외면하려고 노력했다. 그들에게 어떤 결점이 있어서가 아니라, 정확히 말하자면 결점이 충분히 많지 않았기 때문이다. 그들의 완벽함에는 익숙하지 않은 편안함이 깃들어 우리를 소스라치게 만들었다.

벤은 자신이 오래전에 유년기를 마감했다고 생각했지만, 정신분석의 강력하고 예리한 주장에 따르면 암담하게도 그것은 여전히 진행중이며 그의 행동방식과 아내를 대하는 태도에 삼십 년째 영향을 미치고 있었다. 그의 어머니와 아내는 직업이며 스타일, 옷 고르는 취향까지 비슷한 점이 전혀 없었다. 하지만 그녀들에게 사랑받고자 하는 벤의 입장에서는 두 사람이 놀라울 만큼 비슷해서 심란할 정도였다.

어머니와 엘로이즈, 그 둘의 공통점은 어떻게 하면 그녀들을 기쁘게 해줄 수 있을지 늘 고민하게 만드는 한편, 그가 의지하려 할 때 그녀들이 보이는 냉정한 자제력을 뒤흔들어놓고 싶어 죽을 지경으로 만드는 것이었다. 즉, 그의 어머니와 아내는 사랑을 향한 열망을 자극하는 동시에 절망하게 만드는 존재들이었다.

하지만 벤에게도 작은 희망은 있었다. 어쨌든 아내는 어머니가 아니었다. 역사는 반복되는 게 아니라 다만 모방될 뿐이다. 미래에 대한 시나리오는 항상 어떤 여지를 두고 쓰이기 마련이다. 그는 정서적으로 친밀하게 느껴질 만큼은 비슷하지만,

결혼생활이 순풍을 타고 이어지는 동안에는 서툴게나마 자신만의 방식으로 새로운 관계를 맺어나가리란 희망을 품을 수 있을 정도로는 충분히 다른 사람과 결혼했던 것이다.

가정의 필요 *The Need for a Hearth*

낭만적 사랑을 이상화한 부르주아는 이렇게 말한다. 강렬한 사랑의 감정을 망치고 싶지 않다면 사랑에 대해 너무 많이 '생각'하면 안 된다.

이와는 별도로, 우리의 사랑을 순수하게 지키기 위해 어떻게 해야 하는지에 대해서도 부르주아가 강조하는 이상적인 방식이 있다. 그/그녀의 탄탄한 재정상태와 그 사람에 대한 경탄의 마음을 혼동하는 것은 최악으로 낭만적이지 못한 습성이다. 즉, 우리는 단지 돈이 좋다고 누군가에게 끌려서는 안 되고, 돈이 없다고 그 사람에 대한 흥미를 잃어서도 안 된다.

회사에서 강박적일 정도로 돈에 대해 생각하는 것은 괜찮다. 심지어 일평생 눈뜨고 있는 시간의 대부분을 보다 많은 부의 축적을 목표로 애쓰는 것은 바람직하며 필요불가결하다. 하지만 우리의 관계가 사적인 영역으로 들어서는 순간, 채산성이나 미적분 계산은 문밖에 두고 와야 한다고 부르주아는 단호하게 충고하는 것이다.

벤은 이런 주장에 감사할 따름이었다. 그는 건강 및 보험 관련 기업들의 프로젝트를 대신 맡아 해주는 작은 컨설팅 회사를 운영하고 있었다. 기업의 지점들이 정확히 효율적으로 배치되어 있는지, 직원 수는 적당한지, 기술 수준은 최상급인지, 이윤추구의 측면과 사회공헌의 측면이 바람직하게 조율되었는지 등을 파악할 수 있게 돕는 일이었다. 그는 팔 년 전 동료 셋과 함께 사업을 시작했다. 그사이 실적이 좋았던 때도 있었지만, 일의 성격상 변동이 심하고 찔끔찔끔 진행되는 경우가 대부분이라 장기적으로 안정감을 갖긴 어려웠다.

유럽의 이런저런 도시들에 위치한 상업지구의 한 사무실에서 기나긴 하루를 보내고 돌아오는 저녁, 공항에서 런던행 탑승구 번호가 뜨기를 기다리는 동안 벤은 자신의 위치가 얼마나 불안정한지를 또렷이 깨닫곤 했다. 그럴 때마다 자괴감에 휩싸여 불안해졌고 남들이 부러워 죽을 것 같았다.

거듭한 실수와 자신의 헛된 자만심 때문에 결국은 이렇게 별볼일없는 중년이 되고 만 것에 대해, 어린 날 그를 믿어주었던 모든 이들에게 사과하고 싶었다. 또 세상의 지혜를 터득한 권위 있는 누군가가(은퇴한 판사나 정치가, 아니면 그냥 자기 아버지라도) 너는 지금 모습 그대로 충분히 훌륭하니 더이상 자신의 존엄성을 검증받으려고 애쓰지 않아도 된다고 말해주길 간절히 바랐다.

그는 몇 년 뒤에 벌어질 수 있는 최악의 시나리오를 그려보았다. 집을 팔고, 아이들에게 파산에 대해 설명하고, 형에게 도와달라고 사정할 수밖에 없게 된다면…… 굴욕감은 소위 성

공한 친구들의 부와 대비되어 더욱 격심한 고통을 불러올 것
이다.

　이런 불길한 상상의 구렁텅이 속에서도 다만 한 가지 근심
하지 않아도 되는 것이 있다면, 바로 엘로이즈에게 버림받을
걱정이었다. 돈에 관한 한 그녀가 어떤 사람인지 그는 잘 알았
다. 엘로이즈의 양친은 세속적인 것과는 아예 등지고 사는 학
자들이었고, 그녀는 높은 사회적 지위나 경제적 풍요에는 일
말의 관심도 없는 환경에서 자랐다. 하지만 이것만으로 모든
문제가 해결되진 않았다. 여전히 벤은 세상 모두의 사랑을 잃
을지 모른다는 두려움에 시달렸다.
　사업에 실패하면 사람들은 그에 대한 관심을 거둬들일 것이
고 경력이 망가지는 순간 그에 대해 품었던 존경심도 즉시 철
회할 것이다. 그들의 눈에 자신이 얼마나 한심한 인간으로 비
치는지를 알게 되는 것, 벤은 그것이 두려웠다. 그가 돈을 벌
고 싶은 이유는 그것에 딸려오는 물질적 풍요를 누리기 위해
서가 아니었다. 그는 돈으로 타인의 친절을 보장받고 싶었다.
남들이 그에 대해 멋대로 상상하며 흘끔거리는 것이 싫었다.
일하는 그의 모습을 보며 그가 멋있고 능력 있는 남자라고 생
각해주길 바랐다.

물론 지구상의 대다수 사람들은 '법무법인 SDA(Systems & Data Analytics)'의 사업실적 따위엔 관심 없을 것이다. 그가 정말로 신경쓰는 것은 자신의 사회적 궤도 안에 포함된 백여 명의 사람들이었다. 그중 일부는 대학 동기동창이고, 대다수는 일하면서 만난 사람들이었다. 아이들이 다니는 학교에서 알게 된 사람도 몇 명 있었다.

이들은 벤이 스스로의 가치를 평가하고 판단하는 데 막강한 영향력을 행사했다. 벤은 지금껏 절제와 자립을 위해 무진 애써왔지만, 그럼에도 그의 자존감은 잘 알지도 못하거나 별로 좋아하지도 않는 일군의 사람들이 내리는 판정에 달려 있었다. 한마디로 그가 죽든 살든 알아차리지도 못할 어중이떠중이들을 기쁘게 하는 일에 자신의 인생을 바치고 있는 것이었다.

작년에 새로운 친구 한 명이 등장하면서 벤의 인생은 더욱 꼬였다. 엘로이즈가 독서모임에서 어떤 거물의 아내와 친해졌는데, 이 거물은 겨우 서른일곱의 나이에 십억 파운드에 달하는 거액을 받고 자신의 사업체를 제과제빵 대기업에 팔았다고 했다. 런던에서 살다보면 한재산 모았다는 부자들을 피하기란 불가능했고, 그런 만큼 선망과 굴욕이 늘 함께했다.

　몇 달에 한 번씩 벤과 엘로이즈 부부는 햄프스테드에 있는 저택으로 저녁식사 초대를 받았다. 겉보기엔 하나에서 열까지 모두 손님들을 즐겁게 해주려는 목적으로 마련된 자리였다. 집사가 문을 열어주고, 또다른 집사는 음료를 내오고, 주방에선 요리사가 근사하고 군침 도는 요리를 준비하느라 분주할 터였다. 그렇지만 당연히 이 모든 것은 한 인간의 자존감과 생존 능력을 위협하는 치명타였다.

　더 불쾌한 사실은 그 거물이 미워할 수 없는 사람이라는 점이었다. 그는 자신이 막대한 부의 소유자임을 잘 알았고, 누구에게나 친절했으며, 매우 영리하고 또한 성실했다. 그를 만날 때마다 벤은 자살충동에 시달렸다. 자기보다 어린 그가 어떻게 이토록 단숨에 성공하는 법을 터득했는지 궁금했고, 자기가 가지 않은 길은 무엇이었으며 도중에 크게 망친 일은 무엇이었는지 혼란스러웠다.

　디너파티 말고도 벤이 두려움을 느끼는 때는 많았다. 휴일, 특히 일요일 저녁 같은 때. 상황을 역전시키기 위한 어떠한 노력도 할 수 없지만 자신의 위태로운 처지를 곱씹어볼 여유는 있는 그런 때, 벤은 자기 마음속 공포를 뚜렷이 자각했다. 하지만 커리어에 손상을 입는 것에 대한 두려움이 낭만적 사랑을 망가뜨리는 적은 아니었다. 그것은 오히려 낭만적 사랑의 탄생과 그것의 막강한 승리에 결정적으로 기여했다.

벤의 입장에서 아내가 특별히 가깝게 느껴지는 순간은 그런 두려움을 느낄 때였다. 비슷한 수준의 교육을 받은 또래의 누군가가 할 수 있는 일을 그가 해내지 못했을 때, 사람들은 당장 그를 무시하고 낙오자라는 판결을 내릴 것이다. 그 사실을 직시하고 겁에 질리는 순간, 아내에 대한 그의 감정은 더욱 애틋해졌다. 심지어 자신이 지금보다 경제적으로 더 성공했더라면 덜 헌신적인 남편이 됐을 거라고까지 말할 수 있을 정도였다. 그의 사랑은 가난과 치욕에 대한 두려움의 결과였다.

조금 과장하자면, 우리가 자본주의로 알고 있는 것은 부르주아가 발명했거나 적어도 그들의 강력한 옹호와 지지 덕분에 발전했다. 따라서 오늘날 우리가 실천하고 있는 낭만적 사랑도 부르주아의 발명품이라고 할 수 있다. 이 두 관습은 서로 공생관계에 있다. 자본주의의 스트레스를 견디기 위해 우리는 낭만적 사랑에 매달리지 않을 수 없다. 경제적으로 얼마나 성공하고 얼마나 많이 투자하고 생산하는가를 기준으로 존재를 가차없이 심판하는 시스템 속에서, 더구나 이처럼 종교를 저버린 시대에 우리의 정신이 버텨낼 수 있으려면 비물질적인 가치에 초점을 맞춘 다른 평가방식이 절실해진다. 그 보루마저 없다면 심판의 위력이 너무나 막강해서 우리의 내면은 붕괴되고 말 것이다.

그러므로 유감스럽게도 사랑에 대한 우리의 낭만적 이상주의에는 사악한 면이 있다고 할 수 있다. 낭만적 이상주의는 우리를 위험으로부터 방어해준다. 하지만 동시에 인간의 가치가 경제적 능력에 따라 준엄하게 평가되는 시스템으로부터 해방될 가능성 또한 차단해버린다. 낭만적 이상주의는 부와 사랑이 보다 골고루 아낌없이 분배되는 대안적 방식이 끼어들 여지를 주지 않는다. 만일 경제 시스템을 바꾼다면 우리는 지금처럼 필사적으로 짝을 찾아 헤매고 두려움에 떨며 서로에게 매달릴 필요를 훨씬 적게 느낄 것이다.

하지만 그런 날이 오기 전까지 벤은 계속해서 자신의 지위를 불안해하고, 설령 빈손일지라도 인생은 살아볼 만하다는 근거를 아내에게서 찾는 수밖에 별다른 도리가 없었다. 그가 겁에 질려 있는 한, 그리고 세상살이가 참으로 험난하다고 느끼는 한, 그가 결혼하게 된 이유의 대부분은 설득력이 있었다.

귀가 *Returning Home*

벤은 늦어도 저녁 여섯시 사십오분엔 퇴근하려고 노력했다. 물론 하루를 마감하는 이 시간이 언제나 가장 정신없긴 하다. 해질녘이 다가오면 여러 나라에 흩어져 있는 고객들의 머릿속엔 갑자기 오만 가지 복잡하고 시급한 문제들이 떠오르고, 이메일이 무더기로 쏟아져들어온다. 납품업체들은 대금을 못 받을까봐 초조해하고, 최악의 순간이면 어김없이 말썽을 부리는 컴퓨터 때문에 첨부파일은 보내지지 않는다. 설상가상으로 멀쩡한 프린터가 단말기에서 분리됐다는 메시지까지 뜬다.

그리하여 마침내 사무실에서 탈출하고 나면 벤은 만신창이가 되었다. 스피디하게 전개되는 컴퓨터게임 속 외계인들과 날아오는 미사일들을 하루종일 온몸으로 받아낸 것처럼 신경이 날카롭게 곤두서 있었다. 아침나절에 잠깐 들어가본 인터넷에 그사이 무슨 일이 있었는지 살펴보고, 세상은 여전히 멀쩡하며 너덜너덜해진 그의 꼬락서니 따윈 아랑곳 않는다는 사실을 확인하고 나면, 한편 너무나 이상하면서도 어쩐지 힘이 솟는 기분이었다. 공원의 구붓한 떡갈나무며 저녁 어스름의 하늘을 정처 없이 흘러가는 뭉게구름은 어떤 힘, 지속적이면서도 규칙적인 속도로 움직이는 것들에 대해 말해주고 있었다.

지하철 안에서 그는 남은 저녁시간을 근사하게 보내는 공상에 잠겼다. 커다란 백조 등에 올라타면 새는 날개를 퍼덕여 하늘을 날아 새하얀 솜털로 채워진 방에 사뿐히 그를 내려놓는다. 그는 아무에게도 말을 걸지 않아도 되고, 혼자 가만히 있을 수 있다. 그러면 낮 동안 제쳐두었거나 제대로 정리할 수 없었던 생각들이 스스로 꼴을 갖춰나갈 것이다. 재스민이나 라벤더향이 풍겨도 좋겠다. 모든 것이 더없이 부드럽고 순결하다. 종이 한 묶음을 옆에 놓고 고민거리들을 끼적일 수도 있다. 느긋하게 곱씹어보면 해결책은 저절로 떠오를 것이다. 알프스산맥의 맑은 물과 연결된 기다란 빨대, 백포도주 한 잔 또는 우유 한 잔, 거기에 수프와 회 몇 점이 담긴 쟁반이 천장에서 내려오면 금상첨화겠다. 따뜻한 물이 찰랑이는 수영장에 발을 담그면, 형체는 없지만 모든 걸 다 받아줄 것만 같은 너그러운 두 팔이 그를 감싸안으며 안쓰러움이 담뿍 담긴 목소리로 감미롭게 속삭일 것이다. '이해해……'

하지만 현실에서 그를 기다리는 것은 다음과 같았다.
두 아이, 조금 지친 아내, 그리고 모종의 위기.

테라스가 있는 빨간 벽돌집 밖에서는 전쟁, 파산, 가뭄, 정권교체, 심장마비가 판을 쳤고, 리스본에 있는 벤의 고객 사무실에선 업데이트된 세금 계산 내역서의 PDF 파일을 자정 전까진 구해놔야 하는 마리 호세가 미쳐가는 중이었다. 그사이 집안에선 한나가 비명을 질러대고 있었다. 있을 만한 곳을 다 뒤졌는데도 누누가 보이지 않았기 때문이었다. 런던동물원 안에 있는 기념품 가게에서 산 이 세 살배기 기린은 최소 일주일에 한 번 이상 주인에게서 달아났다. 대수롭지 않은 크기와 가격임에도 불구하고 한나는 이 기린이 없으면 결코 잠들지 못했다. 그래서 아이의 부모 역시 우선순위를 정할 때 기린을 가장 중요한 자리에 놓게 되었다. 다시 말하면, 벤이 기린을 찾아 헤맨 시간을 전부 다 합하면 일평생 가운데 며칠은 될 것이란 뜻이었다.

"지하실에 내려가서 누누 있는지 좀 봐줄래?"

그가 현관문을 열자마자 아내가 던진 첫마디였다.

잠시 후, 위층에서 한나와 아이 엄마가 지금 당장 침대로 들어갈지 아니면 사라진 젖먹이 동물을 아빠가 찾아올 때까지 기다릴지를 두고 언성을 높여 옥신각신하는 사이, 벤은 낡은 슈트케이스와 가방들 틈바구니에 무릎을 꿇고 있었다. 그러는 동안에도 노아는 줄곧 계단 꼭대기에서 "샴푸" 하고 외쳐댔는데, 딱히 무슨 이유가 있어서는 아니고 그냥 그 소리가 신기하고 재밌어서 그러는 거였다. 이 모든 소란이 뒤죽박죽되어 그야말로 엉망진창이었다.

벤이 주말과 평일 아침저녁으로 연기하는 '아빠'라는 역할은 그의 기이한 축약판이었다. 아빠인 벤은 언제든 없어진 장난감을 찾아 온 집안을 샅샅이 뒤지고, 기꺼이 우유를 데우고, 모노폴리 놀이를 함께해줄 만반의 준비가 되어 있는 배우였다. 또한 과학과 인류의 진보 가능성을 결단코 확신하며, 남에게 친절을 베푸는 것과 사과하는 것의 중요성을 믿으며, 섹스라는 단어는 들어본 적도 없는 사람이었다. 그리고 아무도 시샘하지 않고 돈에 얽매이지도 않으며 바다 위의 선장처럼 활기차게 이 세상을 헤치고 나아가는 인물이었다.

물론 다 거짓이었다. 하지만 벤은 자신의 연기가 전혀 불편하지 않았다. '있는 그대로의 자기 모습'을 보여주는 것은 우리의 권리긴 하지만, 인류 대다수에게, 특히 우리가 사랑받고자 하는 사람에게라면 가급적 그런 끔찍한 특권을 행사해선 안 된다는 충고가 늘 따라붙는다.

장난감은 결국 나타났다. 노아가 찬장에 감춰놓았던 것이다. 두 아이와 엄마는 서로 싸우고 반격하고 뜯어말리고 울고 대들다가 서서히 잠잠해졌다. 그사이 벤은 이 지상에서 자신에게 주어진 시간이 얼마 남지 않았다는 사실에 대해 생각했다. 모든 것이, 심지어 나쁜 일조차 절절하게 가슴에 사무쳤다.

벤이 한나의 방에서 희미하게 독서등을 켜놓고 『초원의 집』 5장을 읽어줄 준비를 끝냈을 땐 여덟시 십오분이었다. 하지만 한나는 아직 책을 읽을 기분이 아니었다. 몇 가지 궁금증과 고민거리가 아이의 마음을 사로잡고 있었기 때문이다. 가령 이런 것들.

한쪽 끝에서 반대쪽 끝까지 지구를 가로질러 떨어지는 데 걸리는 시간은 얼마일까? 오카피가 말이나 얼룩말하고 훨씬 닮았지만 실제로는 기린의 친척이라는 것을 아빠는 알까? 바람은 어디서 오는 걸까? 빅토리아시대 영국에서 가장 힘센 사람은 누구였을까? 원자 안에는 뭐가 들었을까?

인류의 역사 전체를 놓고 봤을 때, 얼마 전까지만 해도 이런 질문들에는 언제나 짧은 대답이 돌아왔을 거라고 역사가들은 말한다. 어린 질문자가 성년이 되기 전에 죽을 확률은 매우 높았고, 밤마다 고만고만한 나이의 꼬마들 대여섯 명을 침대에 뉘어야 했던 부모 입장에선 아이들의 질문에 답하는 데 많은 에너지를 쏟거나 마음을 쓰지 않는 것이 합리적으로 생각되었을 것이다. 무엇보다, 애들이 생각해내는 질문이란 그냥 아무

뜻도 없는 것들이라고 여겨졌다. 유년기는 성인기의 삶을 결정하는 어떤 주된 요소와도 거리가 먼, 마냥 꿈결 같은 시기라는 게 보편적인 인식이었다.

아이를 대하는 태도의 변천사에 관해 벤이 별다르게 공부한 건 아니다. 그럼에도 의식하지 않고 서서히 사회화되는 과정에서 그는 자기가 속한 시대의 보편적 견해를 충실히 따르게 되었다. 즉, 한나와 한나의 동생이 하는 거의 대부분의 행동, 놀이, 질문 들이 대단히 중요하다는 것은 상식이었다. 벤의 사회와 시대에는 성인으로서의 삶의 성공과 실패가 유년기에 받은 양육의 질과 밀접하게 연관되어 있다고 믿었다. 숨바꼭질, 비스킷 굽기, 동물원 가기, 티라노사우루스 렉스의 비늘에 색칠하기 등 가정에서 이루어지는 평범한 활동들의 이면에서 인격이 형성되고 있으며, 인격의 힘과 창조력에 아이의 모든 미래와 성패가 달려 있었다.

아이가 누누 단계에서 정서적으로 충분히 보살핌 받지 못하면 그것은 쉽사리 고쳐지지 않고, 치료하는 데 큰돈이 들며 시간도 오래 걸린다. 텔레비전에는 부모의 무관심과 몰이해에 얽힌 기억을 떠올리며 눈물 흘리는 사람들이 넘쳐난다. 그들은 한 인간의 부모가 된다는 것이 함부로 실패해선 안 되는 일이라는 증거였다. '부모 되기'란 겉보기엔 전혀 대수롭지 않은 일들, 가령 학교 숙제를 도와주거나 아이가 만든 레고 공항을 칭찬해주고 있는 순간에도 마천루의 기초를 다지는 작업만큼이나 까다롭고 고된 작업을 매일 수행해야 한다는 뜻이었다.

벤과 엘로이즈가 아이들을 키우며 내린 결론은 이것이었다. 이 세상에 한 인간을 부려놓은 존재들은 한 발짝 물러서서 편견 어린 시선으로 자신의 피조물에 감탄해야 한다. 그러지 않으면 그 인간은 누군가 그를 사랑한다고 말했을 때 상대의 말을 믿는 능력이 결여되어, 자기 자신에게도 없는 믿음을 다른 사람이 가졌다는 이유로 잔인하게 상대를 단죄하려 들 것이다. 그게 아니라면, 잠시 잠깐이라도 박수갈채가 멎으면 못 견뎌하고, 남들의 인정에 목말라하며, 세상 사람들의 시선을 의식하지 않는 과감한 선택 같은 건 절대 못하는 사람이 될 것이다. 그도 아니면, 정말 훌륭한 일을 해내더라도 스스로 세상에 존재할 가치가 있다고 느끼지 못하며, 삼십 년 또는 사십 년 전에 자신이 제대로 사랑받지 못했다는 뼈아픈 생각에 괴로워하며 매일 밤 베갯잇을 적시다 잠들 것이다.

이런 시각은 인간의 정신능력과 그것의 작동방식을 얕잡아보는 모욕적인 얘기로 들릴 수도 있다. 그런데 진실은 이게 다가 아니다. 인간은 겨우 직경 0.5밀리미터도 안 되는 혈괴 때문에 쓰러져 죽을 수 있는 생물인 것이다.

유년기에 대한 이런 관점은 모든 것을 의미심장하게 만들었다. 노아가 거실 바닥에 쿠션을 쌓아놓고 난파당한 선원 흉내를 내며 상어가 나타났다, 전갈에 물렸어, 살려주세요 하고 소리지를 때 아이는 그저 밉살맞은 짓을 하는 게 아니었다. 아이는 장차 실연失戀을 이겨내고 좋은 직장을 얻는 데 유리하게 작용할 '무력감'과 '회복능력'이라는 상반된 감각을 탐구중인 것이다. 마찬가지로 한나가 주황과 파랑 색종이로 눈은 넷이고 얼굴은 새처럼 생긴 키 큰 여자의 콜라주를 만든 것은 엄마의 과도한 간섭에 시달리는 아이의 스트레스가 표출된 것이다.

이렇게 해서 부모는 자식이라면 쩔쩔매고 한없이 응석을 받아주게 된다. 어린 왕족께서 생선튀김은 몇 개나 먹고 싶은지 인내심 많은 부모답게 물어보고, 넘어지면 멍이라도 들까봐 쪼르르 달려가 일으키고, 아이의 말 한마디 한마디를 서른 살 먹은 어른의 의견처럼 진지하게 들어주는 것. 아이들이 지루해할까봐 서점 같은 덴 얼씬도 않고, 아이가 좋아하는 스페셜

스트로베리 우유를 사 먹이려고 아이를 태우고 몇 마일 더 차를 몰기로 결정하는 것. 이런 극진한 보살핌은 그게 남의 눈에는 꼴사나워 보이리란 걸 감수하고 하는 짓이었다. 특히 노인들에게 요즘 부모들의 응석받이는 말세의 징조로 보일 것이다. 아이를 특별하게 여겨야 하는 진짜 이유를 망각한 채 마냥 오냐오냐하다보면 결국은 아이를 망치게 될 거였다.

이 모든 게 물러터진 짓 같겠지만, 여기엔 빈틈없는 논리가 작동하고 있다. 시대와 장소를 막론하고 모든 부모가 그러하듯, 벤과 엘로이즈도 자기 자식의 생존을 지키는 일에 지대한 관심을 갖고 있었다. 다만 생존을 위해 무엇이 필요한가에 대한 견해가 다를 뿐이고, 각기 다른 기준에 따라 움직일 뿐이었다.

오늘날 우리는 복종과 존경이라는 옛 기술을 연마하여 의무에 충실하고 순종하는 사람이 되는 것만으로는 절대 잘살 수 없다. 새로운 경제체제가 요구하는 자질은 자신감과 창조력 그리고 독창성이다. 이것들은 고대 스파르타의 우람한 근육이나 프리드리히 대제 시절 프러시아의 절제와 금욕과 마찬가지로, 우리 시대 사람들이 반드시 갖춰야 할 자질이다.

남달리 높은 지능은 필요치 않다. 실질적으로 요구되는 것은 서로 다른 아이디어들을 연결하고 사람들을 설득하고 끌어들여 자신의 비전을 믿게 만드는 능력, 커다란 야망을 품을 수 있는 정신력, 거절이나 실패에 적절히 대처할 수 있는 심리적 유연성 등이다. 그래서 우리는 무한한 인내심을 발휘하여 아이의 나비 그림을 부엌 어딘가에 핀으로 박아놓는 것이다. 아이들의 저녁 반찬에 그처럼 세심히 신경쓰는 이유도, 아이들의 사소한 관찰이나 의견을 진심으로 존중해주는 이유도 다 그 때문이다.

우리 시대에는 자기 자신이 충분히 중요한 존재라는 사실을 당연하게 여기기 어렵다. 또 얽히고설킨 인생을 헤쳐나가는 자신의 부조리한 모습 자체를 가치 있다고 생각하지도 못한다. 그렇기 때문에 우리가 아직 『초원의 집』을 읽는 걸 좋아하는 시기에 다른 누군가에게 극진한 대접을 받고, 자신이 매우 소중한 사람이라는 확신을 얻어야 한다.

즉, 오늘날 부모들의 자녀양육 방식은 절대 응석받이가 아니다. 그것은 현대인이 성인기에 맞닥뜨리게 될 새로운 종류의 가혹함에 맞서 생존하는 데 필요하다고 우리의 직관이 판단한 도구일 뿐이다.

잠자는 아이 *The Sleeping Child*

5장 중간쯤 읽었을 때 한나는 잠들었다. 인디언 정착지 근처 개울가에서 부상당한 말을 구조하기 위해 원정을 나가는 대목이었다. 벤은 잠든 아이를 지켜보는 게 좋았다. 그는 컴컴한 방안을 둘러보았다. 창가 선반에 나란히 놓인 한나가 모으는 인형들, 벽에 붙여놓은 한나의 가족 그림, 책가방, 스웨터. 아이는 입을 살짝 벌린 채 양팔로 누누를 껴안고 있다. 한쪽 다리는 이불 밖으로 내놓고, 베개엔 금발머리가 흩어져 있다. 세상 모든 아이들이 그러하듯, 잠자는 한나는 인류라는 종의 가장 뛰어나고 무궁무진한 가능성과 교감하는 듯했다.

그는 눈물이 차오르는 걸 느꼈다. 요즘 벤은 그 어느 때보다 사는 게 고달팠다. 그의 나이는 이제 이론적 가능성 이상으로 죽음에 가까워져 있었고, 남은 몇십 년이 얼마나 쏜살같이 지나갈지 훤히 보였다. 그는 결혼생활, 일 그리고 자기 자신과의 관계에서 겪고 있는 문제들 중 일부는 결코 극복하지 못하리라는 것을 알았다. 자신이 차고 있는 족쇄의 크기와 제약조건을 지금처럼 분명하게 인식했던 적은 없었다.

다른 한편, 그는 매일매일 아이들을 통해 순수하고 신나고 아름답고 좋은 것과 더없이 강렬하게 마주했다. 아이들은 신체적으로 못난 데가 하나도 없었다. 피부에 잡티라곤 없고, 볼은 토실토실하고, 코는 조그맣지만 완벽한 모양이었다. 또 아직까지 자연과 가깝게 이어져 있어서 참새가 보이면 좋아라했고, 미어캣과 친칠라의 생애를 애틋해했다. 현관문 손잡이에 무당벌레가 앉아 있는 건 정말로 짜릿한 사건이었다. 아이들은 우스꽝스러워지는 걸 겁내지 않았다. 변장하고 성性을 바꾸고 노래하는 걸 좋아했으며, 의자나 아빠의 구두 같은 엉뚱한 물건들의 크기를 재보고, 새 흉내를 내고, 계란 흰자와 노른자를 기가 막히게 분리해냈다.

크게 상심해본 적도 없고 야비한 게 뭔지도 아직 모르기 때문에 아이들은 세상만사를 무한대의 너그러움으로 맞아들였다. 부모의 허물에 개의치 않고 아낌없이 사랑해주고, 이따금 벤이 아이들을 위해 지어내는 괴상한 이야기를 재밌어하며 얌전히 귀기울여주었다. 아이들은 가족이 영원히 함께 살지 못할 이유는 단 한 가지도 상상하지 못했다.

이 달콤한 삶. 그리고 배후에서 전개되는 어른의 고달픈 삶. 그 둘의 대비를 인식할 때면 벤의 눈가는 축축해졌다. 동화 속 악당이 못된 짓을 그만두거나, 버릇없던 어린 주인공이 엄마를 다시 만나게 되는 장면에선 목놓아 울고 싶어졌다. 『정글북』을 읽어주다 말고 황급히 방밖으로 나와야 했던 적도 있었다. 그가 눈물나는 이유는 슬퍼서가 아니었다. 세상의 아주 많은 것들이 아름답지도 순수하지도 않건만, 유년기에 속한 어떤 특별한 것들은 너무나 아름답고 순수하기 때문이었다.

벤은 이런 눈물바람이 얼마간 즐겁기도 했다. 자기 마음속에 아직 감정이 살아 있다는 느낌을 불러일으켰기 때문이다. 아이들을 얻기 전까지 벤은 항상 감정을 속이며 살아왔다. 그래야 점잖고 분별 있어 보이는 줄 알았다. 대부분의 상황에서 그가 느끼는 기분은 적절치 못하거나 아니면 아예 아무 감정이 없었다. 생일파티에선 슬펐고, 휴일엔 우울하고 초조했으며, 장례식에선 쑥스러웠다. 섹스가 끝나면 멍해졌고, 어쩌다 소위 걸작이라는 문화예술품을 접해도 하나같이 지루했다. 하지만 이제 아이들에 관한 한, 그가 반드시 느껴야 할 감정은 스스로도 깜짝 놀랄 만큼 강렬하게 느꼈다.

항상 그랬던 건 아니다. 초기에는 그도 그런 척하려고 엄청 노력해야 했다. 마냥 속수무책인 자신의 대머리 분신을 마주한 그는 엄청난 부담감을 느끼며 애정 어린 태도를 꾸며냈었다. 한편으론 머지않아 진실한 감정이 우러나리란 희망을 품었지만, 다른 한편 마음속으로는 자기가 이 문제에 있어서도 역시 냉담할까봐 두려웠다.

그러나 두 아이가 각각 두 돌이 됐을 때 아무것도 꾸며낼 필요가 없었다. 벤은 그가 원한 바로 그 느낌으로 자기 아이들이 사랑스러웠다. 사랑 자체가 주는 즐거움에, 자신도 사회가 그에게 기대하는 반응을 보일 수 있음을 알게 된 기쁨이 더해졌다. 그것은 마치 극장에서 처음으로 셰익스피어의 연극을 접한 사람이 느끼는 기쁨과 비슷했다. 경험 자체도 즐거웠지만, 모든 문명화된 교양인이라면 누구나 그럴 수 있다는 말마따나 자기에게도 엘리자베스 여왕 시대의 걸작을 즐길 능력이 있음을 깨달은 사람이 느끼는 안도감 같은 것이었다.

벤의 아이들은 자신들을 비껴간 아빠의 양가감정과 무감각을 의심조차 못할 것이다. 아이들은 많은 것을 당연하다는 듯 받아들였고, 그래서 사랑스러웠다. 아이들이란 쉬지 않고 질문하며 끝도 없이 의심하는 존재란 말은 종종 들었지만, 벤은 오히려 자기 자식들이 정말 여러 가지 것들을 아무 생각 없이 즉각적으로 받아들이는 걸 보며 놀랐다. 벤과 엘로이즈가 아이들을 위해 구축한 세계는 우연과 망설임, 무심코 한 선택들이 뒤섞인 결과였다. 그러나 아이들 눈에 그것은 어른들의 현실과는 달리 훨씬 견고하고 합당한 것으로 보였다.

견고하다는 느낌은 물리적 환경에서 비롯되었다. 아이들에게 라린데일 로드 89번지는 그저 당연한 '우리집'이었다. 그들이 지구에 태어나서 살게 된 첫번째 집의 모든 구석마다 필연적인 특징이 있었으며, 이후의 어떤 거처에도 없을 것들이었다. 한나가 인형들과 함께 뒹굴고 화창한 오후면 드러누워 창밖을 올려다보곤 하는 아이 방의 베이지색 양모 카펫. 우리가 처음으로 그 위에서 기는 법을 배우고 특유의 냄새와 감촉을 평생 기억하게 될 모든 카펫들에서 느껴지는 태곳적의 향수가 한나의 카펫에도 깃들어 있었다. 하지만 한나의 부모에게 그 카펫은 가족의 유대를 완성해줄 견고한 토템으로 예정된 물건이 전혀 아니었다. 아이가 태어나기 몇 주 전, 지하철역 근처 상가에 있다가 지금은 없어진, 별로 신용이 안 가는 동네 카펫가게 주인에게 급하게 주문해 들여놓은 것뿐이었다.

심지어 아이들의 존재 자체가 더없이 사소하고 모욕적인 우연의 연속에 따른 결과라는 부분에 이르게 되면, '정상'이라는 허울 뒤에 가려진 우발성의 심각한 정도는 보다 명백해진다. 아이들의 신체나 성격적 특징은 지금의 한나와 노아라는 이름과 떼려야 뗄 수 없는 필연으로 이어진 것처럼 보인다. 하지만 그들 부모의 사회생활이 조금만 다르게 전개됐더라면 그들은 상당히 다른 종류의 가능성을 가진 인간으로 태어났을 것이다.

코의 기울기나 특유의 웃는 모습은 다른 유형의 속눈썹이나 기질과 결합되었을 것이고, 지금쯤 액턴이나 월레스덴[런던 시내의 동네 이름들]의 어느 집에서 다른 모습으로 살아가고 있을 것이다. 그리스로 떠나려던 휴가계획이 취소됐거나, 상대에게 용감하게 전화번호를 물어보지 못했더라면, 그들은 우리의 허리 아래에 저장된 자잘한 조각들과 파편들에 불과한, 실현되지 못한 가능성으로 영원히 남겨졌을지도 모른다.

다행히 아이들은 자기가 존재한다는 사실이 얼마나 이상한 일인지 거의 모를뿐더러, 자신들의 부모가 얼마나 유별난 사람들인지도 아직 잘 모르는 듯이 보인다. 자연은 너그러워서, 우리가 부모의 약점을 낱낱이 알아차리고 인내심을 잃어버리는 방향으로 발달하지 않도록 신중하게 질서를 잡아놓았다. 덕분에 우리는 스스로를 보살피기엔 아직 연약한 기간 동안 충분히 자신을 보호할 수 있다.

벤이 알은체를 하거나 엘로이즈가 같은 말을 하고 또 해도 아이들은 짜증내지 않는다. 아빠의 뒤떨어지는 패션 센스나 엄마의 촌스러운 음악 취향을 부끄러워하지도 않는다. 아이들은 틀린 발음, 진부한 일화, 가족의 까다로운 습관 때문에 실망하지 않고, 부모에게 보다 높은 수준의 인격적 일관성을 요구하지도 않는다.

부모가 원하는 것을 들어주지 않으면 아이들은 금세 화를 내지만, 아직은 부모 때문에 화내는 건 아니다. 그들이 바라는 것은 단지 원초적인 보살핌과 즐거움뿐이다. 부모의 기질이나 습관적인 행동을 통해 엿볼 수 있는 많은 복합적인 모순들에는 별 감응이 없다. 자비로운 생물학적 설계 덕분에 우리는 부모 없이도 살아남을 수 있게 되어서야 비로소 우리의 부모가 진짜 미친 인간들이라는 걸 있는 그대로 명확히 깨닫기 시작한다.

다행히 앞으로 몇 년은 이런 성향이 더 심화되어 유리한 방향으로 흘러갈 것이다. 순전히 신체적 크기와 얼마간의 재산과 나이 덕분에 벤은 아이들에게 경이로운 사람이었다. 아이들은 아빠의 다리 길이에 감탄하고, 아빠의 페니스 크기에 입이 벌어졌다. 3012에서 815를 뺄 수 있는 아빠가 근사했고, 상가로 차를 몰아갈 수 있는 아빠의 능력에 홀딱 반했다. 아빠 지갑에 십 파운드보다 큰돈이 들어 있다는 사실은 믿기 어려울 만큼 대단한 일이었다.

하지만 아이들을 사랑했기 때문에 벤은 그들이 아빠를 지극히 평범하고 결점 있는 사람으로 봐주길 바랐다. 소중한 시간을 함께 보내는 것이 아니라, 과하다 싶게 장난감을 사 안기고 최고의 친구인 척하거나 아예 전부 다 무시하는 방식으로 아이들에게 점수를 따거나 억지로 인상을 남기는 건 아주 쉬운 일이라는 게 그의 생각이었다. 아이에게 아빠는 친근하고 평범하고 더없이 다정한 사람이 되어주어야 한다. 단, 너무 흥미진진한 인물이 되어선 안 된다. 그래야 아이가 자신만의 인생을 살아갈 수 있게 된다. 아빠가 아이에게 아주 무관심하거나 신神처럼 보이거나 일찍 죽으면 아이는 평생 아빠의 그늘에서 벗어나지 못할 것이다.

태어나는 순간 우리가 속하게 된 이 위계질서에서 완전히 벗어나는 건 사실 불가능하다. 부모와 자식이라는 위계는 그들이 우리보다 삼십오 년 먼저 세상에 태어났고, 어쩌다 우리의 존재를 발아시킬 생물학적 수단을 가지고 있었다는 우연에서 비롯되었을 뿐, 그들의 고결함이나 지혜 덕분이 아니다. 같은 세대라면 당장 인연을 끊어버릴 사람들, 우리의 내면에 지워지지 않을 표식을 남긴 인물들. 아무리 그들을 증오하고 관심을 가지지 않으려 애써도 결국 우리는 부모의 실수와 실패를 통해 우리 자신을 규정할 수밖에 없다.

　벤이 아이들에게 주고 싶은 것은 아빠를 쉽게 극복할 수 있는 능력이었다. 아빠가 엄청 대단하지도 지독히 끔찍하지도 않은 사람임을 알게 되고, 언젠가는 아빠를 한쪽으로 말끔히 치워놓고 자기들의 삶을 살아가길 바랐다.

'9'라는 글자 *The Letter 9*

노아의 학교에선 아이들의 알파벳 학습진도를 파악하기 위해 매주 시험을 봤다. 이번 주 수업은 'g'라는 장벽에 부딪혔다. 부모들은 이 골치 아픈 글자의 둥근 지붕이 줄쳐진 노트의 맨 위쪽 선에 닿고, 갈고리처럼 굽은 부분은 아래쪽 선까지 우아하게 이어져 내려오도록 하는 데 많은 공을 들여야 했다. 레고를 빼앗긴 노아는 울음을 터뜨렸지만 벤과 엘로이즈는 아이가 글자 연습을 게을리하지 못하도록 엄하게 다스렸다. 그들은 아이에게 가혹한 게 아니었다. 다만 겁에 질렸을 뿐이었다.

양육의 매 단계마다 벤과 엘로이즈는 노아가 인생을 성공적으로 관리하며 살아가는 데 절대적 영향을 미칠 것으로 보이는 특정한 목표에 목숨을 걸었다. 처음엔 노아에게 제때 젖을 먹일 수 있는가가 관건이었다. 그다음엔 제대로 기는 것, 잠자는 시간, 예의범절로 걱정의 레퍼토리가 바뀌었다. 현재는(그리고 앞으로도 십 년은 더) 학교 숙제가 근심걱정의 원천이자 최대의 관심사였다.

이런 노심초사는 험난한 이 지상에 감히 한 생명체를 부려놓은 그들의 기막힌 무모함에서 비롯한 어마어마한 공포를 억누르는 수단인지도 몰랐다. 노아가 저녁 일곱시 십오분 정각에 잠자리에 들고, 신발끈을 제대로 맬 줄 알고, 다른 사람이 음료수를 따라주면 항상 '고맙습니다'라고 말하는 한, 아이가 인간적이고 일상적인 비애를 맛보는 일을 기적적으로 피할 수 있지 않을까 하는 희망이 그 밑바닥엔 깔려 있었다.

노아의 학교는 집에서 도보로 십 분 거리였다. 아이를 데려다주러 학교에 갈 때마다 벤은 자기 나이와 정체성에 혼란을 느끼곤 했다. 레몬향 소독약 냄새, 식당에서 풍기는 양배추 익는 냄새, 교실에 놓인 플라스틱 책상들, 리놀륨 바닥 등 주변의 것들은 금세 친숙하게 다가왔다. 하지만 자신이 거기서 수학이나 영어 공부를 하고 있는 게 아니라 학부형이라 불리는 괴상하고 어이없고 성가신 캐릭터를 연기해야 한다는 사실이 매번 불편했다.

노아의 담임선생님은 벤보다 열 살 어린 호주 사람이었지만, 그녀 앞에만 가면 벤의 나이나 사회적 지위는 모든 효력을 상실했다. 술집이나 여동생네 파티에서 만났다면 보호자 노릇을 했을지도 모르는 멜린다가 그에게 자리에 앉아 얌전히 구구단 7단을 외우라고 했어도 그는 시키는 대로 했을 것이다.

학교 운동회에서도 이런 식의 연대기적 혼동이 일었다. 모든 진행과정이 소스라칠 정도로 낯익었다. 비슷비슷해 보이는 엄마들이 비슷비슷한 모양의 피크닉 가방에서 똑같은 계란과 채소와 햄과 치즈를 넣은 샌드위치를 꺼내 풀고 있었다. 그런데 어찌된 영문인지 그는 평소처럼 조그만 파란색 반바지와 스웨터 차림으로 운동장에 나가 뛰지 못하게 된 것이다.

새치가 조금 있고 상냥해 보이고 때와 장소에 걸맞은 긴 치마를 입은 한 엄마가 그에게 샌드위치를 건넸다. 친구의 엄마여야 할 것 같은 그녀가 자기 또래거나 심지어는 서너 살 어리다는 사실을 깨닫고 그는 깜짝 놀랐다. 그녀는 정말 나이 들어 보였고 자기와는 아주 다른 세대 같았지만, 만일 수년 전에 상황이 약간만 달라졌더라도 그녀에게 저녁 데이트 신청을 했을지 모른다.

균형감각을 상실한 부모들의 과도한 관심은 매일 아침 학교에서 하루 일과가 시작될 때마다 노골적으로 표출되었다. 교실 안으로 모여든 스무 명 남짓의 어른들이 귀한 제 자식들을 향해 꼴불견에 가까운 과장된 작별인사를 건넬 때, 그들의 마음속에 깃든 내 아이는 남다르다는 확신이 여실히 드러났다. 제삼자의 눈으로 보면, 이 모든 어린 어깨들 위에 얹힌 기대와 소망을 인생이 거저 들어주지 않으리란 사실은 명백했다. 사람들 앞에서 자작시를 낭송하고 우등생에게 주는 황금별을 받는 것은 전혀 어렵지 않다. 그러나 이혼이나 전립선암, 각종 중독과 우울증을 피하기는 쉽지 않을 것이다.

　아이들은 대수학을 정복하고, 아메바를 그리고, 주말에 있었던 감동적인 일을 글로 쓰고, 웰링턴에서 라파스까지 전세계의 수도를 암기할지도 모른다. 하지만 인생이라는, 난제들로 가득한 악마의 무기고에 맞서 스스로를 보호하기 위해 그들이 한 일이라곤 아직 아무것도 없다. 주말마다 표준중국어를 배우고 바이올린을 연습하고 체스 과외를 받더라도 이 난제들을 해결하진 못할 것이다. 많은 일들이 무탈하게 지나가겠지만 그래도 우리의 기질과 환경에서 비롯한 치명적인 결함들로 인해 우리는 망가질 수 있다. 그리하여 교육기관은 이러한 불온한 생각을 저지하기 위해 필사의 노력을 다하고 있었다.

　교실에서 벤은 자기가 가정생활에서 느끼는 친밀감이 조금도 이례적이지 않다는 사실을 인식하고 마음이 불편해졌다. 모든 소녀들과 소년들이 사랑이 넘치는 애칭으로 불렸다. 아이들의 도시락 가방에는 특별한 음식이 들어 있을 것만 같았고, 저마다 부모가 달아준 후광이 빛나고 있었다. 이 아이들에게 쏟아지는 아낌없는 관심은 이기주의와 인색함으로 비칠 위험이 있었다. 부모들은 남의 자식에겐 눈에 띄게 무관심한 반면, 영재임에 틀림없는 자기 자식에게는 엄청난 관심을 쏟아부었다. '리틀 버니꼬마 토끼'나 '베이비 리머아기 여우원숭이'가 자기 엄마 볼에 뽀뽀하는 광경을 보고 있자니 사춘기적 유아론唯我論에 취한 어린 연인들의 혀짤배기소리를 엿듣는 기분이었다.

그렇지만 이 특별하다는 느낌을 어릴 때부터 깊이, 편향적으로 주입받지 않고서는 후일 세상이 우리에게 선사할 무관심의 바다에서 결코 살아남지 못할 것이다. '특별한 나'는 세월이 흐르면 점점 희미해져갈 필요불가결한 환상이다. 그 결과로 얻게 된 자기 연민의 마지막 흔적조차 사라질 마흔 살 무렵이 되면 헛된 꿈에서 깨어나 우리의 어리석음과 죄 많음을 똑똑히 바라보며 살아가게 될 것이다.

불면증과 인터넷 *Insomnia & The Internet*

불면증과 인터넷 *Insomnia & The Internet*

벤이 이런 상념에 빠져드는 시간은 주로 한밤중이었고, 그 결과 심각한 수면 부족에 시달렸다. 자리에 누워 눈을 감자마자 미처 해결되지 않은 불안감의 응어리들이 기다렸다는 듯 그를 덮쳐왔다.

그때마다 그의 마음 한구석에 선명하게 떠오르는 생각은, 자신에게 더 많은 기회와 충분한 시간이 필요하다는 것이었다. 더 강렬하게 질투하고, 더 처참한 수모를 맛보고, 일과 관련된 각종 위기의 시나리오를 음미할 기회와 시간. 벤의 불면증은 그의 의식이 낮 동안 분주함을 핑계로 한쪽 구석에 밀어놓을 수 있었던 모든 근심걱정들에 대해 그의 무의식이 행하는 복수였다.

엘로이즈는 잠들고, 그의 마음속 악마는 걷잡을 수 없이 커질 때면, 벤은 살그머니 침대를 빠져나와 이층으로 향하는 계단을 올랐다. 그곳에 작은 서재와 컴퓨터가 있었다.

인터넷 옹호론자들은 대개 이렇게 주장한다. 인터넷은 교육을 위한 최상의 도구로, 여러 대륙에 흩어져 있는 다수의 파편적 지성들을 연결시켜 지속적이고 능동적이며 거대한 하나의 글로벌 마인드를 만들어낸다. 키보드를 몇 번 두드리기만 해도 국회도서관의 실제 서가를 돌아다니는 것과 거의 비슷하게 자료를 검색할 수 있다. 온라인 프랑스 국립도서관에 접속해 몽테뉴의『수상록』초판본과 개정판의 차이에 대해 자문을 구하는 것도 가능하다. 캘리포니아의 게티미술관에서 고대 그리스 모자이크를 감상할 수도 있고, 지난 이십 년 동안 지구의 대기 온도 평균치를 보여주는 대조 그래프를 찾아볼 수도 있다.

그리고 인터넷에서 쉬운 게 또 있다. '십대들의 난잡한 섹스 파티' 사이트에 들어가 정신줄 놓고 몰두하기. 이러니 동서를 막론하고 심오한 문학작품들이 팔리지 않는 것도 놀랄 일은 아니다. 책이 이런 자극적인 것들과 경쟁하려면 진짜 재밌어야 할 것이다. 화성 착륙이나 아이의 첫 성탄절 연극, 혹은 새로 발견된 세익스피어의 2절판 초판본 열다섯 권 정도로는 여간해선 상대가 안 된다. 따라서 이 시대에 맞는 진정한 질문은 이것이다. 그 누가 아마추어에서 금발 미녀로, 사지결박에서 인종 간 섹스로, 노천 섹스에서 빨강머리로, 트렌스젠더에서 관음증의 노예로 이리저리 끌려다니지 않고 자기 인생을 주도적으로 살아가려 하겠는가.

포르노그래피를 비판하는 대다수 사람들은 실제로는 그것을 많이 접해보지 못한 순결한 영혼들이다. 그들은 기껏해야『플레이보이』지를 슬쩍 들춰본 적이 있거나 호텔의 텔레비전에서 성인채널 예고편을 본 경험이 전부다. 그들은 포르노그래피가 인공보형물을 삽입한 커다란 젖가슴이나 페니스로 넘쳐나는 '가짜' 위안물이며, 때문에 지각 있고 지성을 갖춘 삶을 추구하는 데 포르노그래피가 위협이 되는 것은 아니라고 주장한다.

그러나 안타깝게도 이것은 현실과 동떨어진 소리다. 현대의 포르노그래피는 정말 '진짜'처럼 보인다. 등장인물 전원이 계속해서 이런저런 빌미로 섹스중이라는 점만 빼면, 평범한 일상생활의 풍경을 그대로 빼닮았다. 배우들은 내 아내나 여자친구와 비슷하게 생겼고, 인테리어나 설정도 보통의 가정집에서 볼 수 있는 그대로다. 광란의 섹스에 빠져든 인물들 뒤로 보이는 샴푸 병. 부엌에서 자위하는 여자 뒤에 놓인 치리오 과자 상자. 크로아티아의 어느 침실에서 도서관 사서거나 치위생사인 안경 쓴 젊은 여자가 마르고 파리한 애인과 항문성교를 즐기는 동안 옆에 놓인 텔레비전에서는 BBC 월드 채널의 존 심슨이 바그다드에서 전하는 뉴스가 나오는 식이다.

어떤 장면들은 윌리엄 이글스턴_{미국의 사진작가로 컬러사진의 선구자} 중반기 작품을 연상시키는 미학적 스타일, 즉 노출과다로 빛바랜 듯 보이는 이미지에 리얼리즘을 결합한 것도 있다. 후텁지근하고 나른한 오후, 테네시의 한 모텔 침대에 비스듬히 누

워 있는 여자들의 희붐한 모습. 다른 게 있다면 이글스턴의 모
델들은 옷을 줄곧 입고 있는 반면 포르노그래피 속의 여인들
은 정숙한 모습에서부터 원색적인 것, 그리고 그 이상의 것까
지 모두 보여준다.

그로 인한 시간낭비는 무시무시할 정도다. 경제전문가들은
온라인 포르노산업을 백억 달러 규모로 추정한다. 하지만 이
는 우리가 www.hotincest.com이나 www.spanksgalore.com 같
은 곳을 헤매고 다니는 사이 낭비되는, 어쩌면 많게는 이억 시
간에 달하는 인간의 노동력 낭비는 전혀 계산에 넣지 않은 것
이다. 그 정도면 회사 하나를 차리고, 아이를 키우고, 암을 고
치고, 걸작을 쓰고, 다락방도 정리할 수 있는 시간이다.

포르노그래피가 우리 인생의 나머지 계획과 의향에 얼마나
정확히 반대되는 것인가 하는 사실은 오르가슴을 느낀 이후
에야 비로소 분명해진다. 방금 전에 벤은 포르노 사이트에서
한번 더 클릭하는 데 자신의 세속적 재물을 바쳤다. 하지만
바로 뒤, 그는 잠시 올바른 판단을 포기했던 스스로에게 공포
와 수치심을 느낄 준비가 되어 있었다. 벤은 자신의 욕망이 이
성과 얼마나 상반되는가 싶어 의아했다.

"최고의 미덕이 체화된 궁극의 인간이란 어떤 것인가에 관

한 모든 것을 담은” 아리스토텔레스의 『니코마코스 윤리학』이 묘사한 고결함과 우리 사이에 얼마나 큰 간극이 있는지는 명백했다. 구소련의 한 마을에서 어느 이름 모를 여인이 강제로 침대에 끌려오고 남자 셋이 그녀의 질에 난폭하게 페니스를 삽입한다는 시나리오로 촬영을 하고, 전세계의 포르노 마니아가 그걸 즐긴다는 사실만 생각해봐도 알 수 있다. 우리는 존엄, 행복, 윤리와는 거리가 먼 존재지만, 적어도 쾌락과는 그리 멀리 있지 않은 듯 보인다.

오직 자기 안에 있는 자유분방한 성욕의 힘을 온전히 느껴보지 못한 사람들만이 이 주제에 대해 관대하고 ‘현대적’인 태도를 유지할 수 있다. 성해방이라는 관념은 성의 속박에서 벗어나더라도 파괴적이거나 변태적인 행위들을 시도해볼 생각이 전혀 없는 사람들에게나 호소력을 갖는다.

반면 중독자에 가까운 벤은 몹시 신랄한 침례교 목사라도 된 양, 한밤중에 자신이 하고 있는 이 짓거리가 도덕적으로 옳지 않다고 느꼈다. 그는 이 세상의 인터넷이 다 끊어지길 바랐다. 남녀 불문하고 모두 몸매를 돋보이지 않는 옷으로 머리에서 발끝까지 전부 가리고 다니라는 명령이 떨어졌으면 좋겠다고 생각했다. 아직까지 섹스를 필요 이상으로 진지하게 여기는 사람들은 오로지 정통 종교인, 성난 이슬람 지도자와 속 편한 목사뿐이었다.

자신이 혐오스러웠음에도 불구하고 벤이 이 강력한 중독에서 벗어날 방도는 없어 보였다. 시스코, 델, 오라클, 마이크로소프트 그리고 포르노산업 사이에 맺어진 암묵적 동맹은 남자라는 성이 창조될 때 만들어진 결함을 노려 이득을 취할 방법을 찾아냈다.

애초에 우리의 뇌는 매력적으로 치장한 원주민 여인이 사바나의 초원을 가로지르는 모습을 가끔 보는 것 이상의 자극은 감당하기 힘들도록 설계되었다. 그런데 병리적 내면의 소유자였던 사드 후작이 꿈꾼 것들을 훨씬 능가하는 시나리오에 지속적으로 참여할 기회가 제공되면서 길을 잃고 말았다.

우리의 정신능력은 사용자에 무관심한 기술문명의 발전을 견뎌낼 만큼 충분히 강력하지 않거니와, 화창한 봄방학의 어느 날, 후미지고 어두운 골방에 틀어박혀 단지 몇 분을 위해(결국은 네 시간이 될지도 모르겠지만) 먼저 끝내야 할 다른 모든 일들을 내팽개치는 '강력한 욕망'을 억누를 길도 없다.

예전엔 안톤 체호프의 단편소설을 집중해서 읽는 게 어렵지 않았다. 체호프와 경쟁할 만한 거라곤 골목길을 따라 이십 분

걸어가서 나누는 이웃과의 수다가 유일했으니까. 하지만 델 컴퓨터의 모니터 창을 두 개로 나눠서 한쪽에는 치어리더 사진을 띄워놓고 다른 창으로는 MSN 메신저로 스물다섯 살의 날씬한 뮌헨 아가씨와(실제로는 하노버의 우락부락한 트럭 운전사일 수도 있다) 미네소타에 사는 십대 풋내기 레즈비언 행세를 하며 실시간 채팅도 가능한 시대에 체호프든 다른 어떤 문학작품이든 간에 읽는 게 가능할지 의문이다.

벤의 온라인 탐험은 악마적인 힘으로 작용하는 섹스 중독의 징후를 보였다. 그것은 그의 삶을 구성하고 있는 다른 부분들, 아들, 아버지, 남편, 친구, 직장인으로서의 자기 역할에 충실하기 위해 노력하고 있는 것들로부터 그를 떼어놓았다. 이런 분리와 수치심은 사춘기와 더불어 시작되었다. 어느 달엔 마당에서 형과 함께 신나게 카우보이 인디언 놀이를 하고 본머스의 요양원에 있는 아픈 할머니 문병을 갔다. 그러다가 다음달에는 오로지 방에 틀어박혀 커튼을 치고 낮에 신문 가판대에서 흘끗 본 여자의 다리와 무릎까지 내려오는 치마를 떠올리며 자위나 하고 싶어지는 것이었다.

그런데 이런 생각을 해명할 방법이 없어 보였다. 또한 다른 사람들이 그에게 거는 기대와 이런 생각들이 조화를 이루는

것도 불가능해 보였다. 그가 살았던 시대는 좋아하는 여자애
와 키스하는 상상 정도는 용인할 수 있었다. 하지만 이런 낭만
적 상상은 그의 마음속에서 걷잡을 수 없이 펼쳐지는 섬뜩한
타락과는 무관한 것이어야 했다. 이런 수치심 때문에, 그의 내
면 깊숙한 곳에 누구에게도 보여줄 수 없을 것 같은 비밀의
방이 하나 생겨났다.

엘로이즈와 사귀던 초창기에는 그녀에게 이런 비밀을 속속
들이 보여줄 수 있었다. 장시간에 걸친 음란한 폰섹스도 해봤
고, 외설적인 상상을 함께 즐겼고, 야한 옷도 입어보았다. 이
런 것을 터놓고 할 수 있다는 기쁨에다, 자신의 비밀스러운 성
적 판타지를 누군가와 나눌 수 있다는 생각이 더해지자 고통
스럽게 혼자서만 느끼고 역겨워했던 감정이 많이 줄어들었다.
하지만 관계가 깊어질수록 섹스는 그가 엘로이즈에 대해 갖게
된 폭넓은 책임감과 충돌하기 시작했다.
이제 곧 평생의 동반자가 될, 자신의 첫아이를 임신한 지 석
달 된 여인에게 엘리베이터 안에서 벌어진 강제섹스 장면이 포
함된 야설冶說을 보여주는 건 가당치 않았다. 그는 엘로이즈가
그런 행동은 그만두라고 말한 적도 없는데, 그녀가 원하리라고
믿는 자신의 모습(에서 거의 빗나가지 않도록), 올곧은 인간의

이미지에 맞추기 위해 스스로를 검열해야 할 것만 같았다.

　벤의 성생활은 일찍이 그의 엄마나 할머니 같은 인생 초기의 여성상으로부터 그를 분리했고, 이제는 그를 그의 아내로부터 갈라놓았다. 그는 인생에서 극히 짧은 기간 동안만 자신이 성적으로 어떤 사람인지 감출 필요 없이 살았고, 그것은 광활한 거짓의 사막에 자리한 솔직함이라는 오아시스였다.

　지나간 시대에는 이러한 자아분열을 종교의 탓으로 돌리기가 수월했다. 정당한 이유 없이 수치심을 강요하는 유대파 기독교를 그 원인으로 지목할 수 있었던 것이다. 하지만 신앙이 사라지고 도덕이 표면적으로는 한결 해이해진 결과로 훨씬 더 불편한 진실이 드러나게 되었다. 이러한 억압과 금기는 적당히 질서 잡히고 인정미 넘치는 사회를 만드는 데 필요불가결한, 인간 종에 내재된 힘인 듯 보인다.

　미니스커트, 성인용품점, 처녀파티, 파격적 란제리가 유행인 시대에조차 우리는 여전히 성에 대한 긴장을 풀 수 없다. 그 주제는 지하에 가둬둬야 한다. 억압은 빅토리아시대 사람들만의 전유물이 아니라 우리와 영원히 함께한다. 왜냐하면 우리는 일하러 가야 하고 우리를 둘러싼 관계에 충실해야 하기 때문이다. 아니, 그저 우리는 성을 자유롭게 표현해선 안 된다.

그것이 우리를 파괴할 것이기 때문이다. 단언컨대 그것의 본성
자체가 해방을 거부하는 힘이기 때문이다.

사랑과 섹스 *Love and Sex*

벤은 아내와의 섹스 횟수가 줄어드는 데 자기도 책임이 있음을 인정할 수밖에 없었다. 엘로이즈가 거절한 탓이라 말하고 싶었지만, 실은 성적 접촉을 피하고 싶은 상호간의 암묵에 자신이 동참하고 있다는 걸 알았다.

그렇다고 엘로이즈가 더이상 매력적이지 않다는 뜻은 아니었다. 벤은 자기가 알고 있는 그 어떤 여성보다도 엘로이즈를 원했다. 다만 그들의 결혼생활이라는 맥락에서 봤을 때 실제적인 섹스행위에 대한 생각이 부적절하다는, 어쩐지 어울리지 않는다는 느낌이 들었다. 매일 밤 함께 이부자리에 드는 사람, 진짜 살과 피로 이루어진 소중한 사람보다는 낯선 사람과 인터넷 채팅방에서 하는 섹스가 심리적으로 덜 부담스러웠고, 그래서 더 흥분되었다.

그가 이러한 역설의 첫번째 희생자는 물론 아니다. 지그문트 프로이트는 사랑하는 누군가와 섹스를 해야 하는 과제가 문명화된 현대사회의 개인이 사생활에서 겪는 심각한 스트레스 중 하나라고 했다. 1912년에 발표한 「애정의 영역에서 나타나는 절하현상의 보편적 경향에 관하여*On the Universal Tendency to Debasement in the Sphere of Love*」라는 거북하면서도 아름다운 제목의 논문에서 프로이트는 그토록 많은 환자들을 괴롭히는 딜레마를 다음과 같이 요약했다. "그들은 사랑하면 정욕이 사라졌고, 정욕을 느끼면 사랑할 수 없었다."

이러한 장애를 일으키는 원인은 다양하다. 부분적으로는 태도 전환의 어려움과 관련이 있다. 대부분의 행동영역에서 발휘되는 인간의 자질은 섹스할 때 요구되는 자질과는 심하게 상충한다. 프로이트가 말한 사랑이란 최소 몇 년 이상 지속적으로 가사를 돌보고 아이를 양육하는 일과 동시에 이루어져야 하는 경우가 많다. 이것은 작은 사업체를 설립해 운영하는 것과 크게 다르지 않은 수준의 도전이고, 여러 가지 관료적 요식행위들과 사무적인 기술들을 필요로 한다. 시간 엄수, 자기 절제, 권위, 기타 규정에 반하는 것들에 대한 금욕적 행동강령을 준수하기 등등.

한편 섹스는 과대망상, 상상력, 희롱, 절제력의 상실과 같은 정반대의 자질들을 요구하며 이는 통제와 조절을 거부한다. 일단 욕망이 발현되기 시작하면 자신에게 맞지 않는 부적절한 위치에서 벗어나라고 충동질한다. 우리가 섹스를 회피하는 건 재미없어서가 아니다. 오히려 섹스의 쾌감이 가정생활에 수반되는 다른 많은 일들을 감내하는 우리의 수용능력을 위태롭게 할 만큼 위협적이기 때문이다. 이러한 배격排擊의 심리는 항공기 조종이나 외과수술의 임무를 앞둔 사람이 월트 휘트먼의 시 「풀잎」을 읽어 그 서정성과 주술적 웅장함에 빠져드는 쪽을 선택하지 않는 것과 유사하다.

  좀더 구체적으로 말하자면, 섹스는 함께 가정을 꾸려나가는 동료 관리자와의 관계에 변화를 가져오고 균형을 무너뜨린다. 일단 섹스를 시작하려면 본인이 원하는 것을 말로 설명하려는 노력을 멈추고 자신이 절박하게 필요로 하는, 꽤 이상하게 비칠 것들을 스스로 폭로함으로써 약점을 드러내고 잠재적으로 굴욕적인 상태에까지 이르는 것을 감수해야 한다.

  위엄과 권위를 필요로 하는 계획과 관련된 의사소통, 가령 집안에 어떤 종류의 가전제품을 갖추는 게 좋을지 혹은 어디서 올리브오일을 사야 믿을 만한지에 관한 대화에서 벗어나, 보다 해괴한 요구를 하는 방향으로 전환될 수밖에 없는 것이다. 배우자에게 엎드려 누워서 고분고분한 간호사 흉내를 내보라거나 부츠를 신고 욕을 해달라는 식으로 말이다.

  성적 욕구는 객관적으로 보면 터무니없고 경멸스럽게 여겨질 법한 많은 것들을 애걸하게 만든다. 그래서 결국은 일반적이고 품격 있는 삶을 영위해나가는 과정에서 여러 가지 것들을 의지해야 하는 사람에게는 아예 이런 원초적인 욕구를 드러내지 않는 편이 낫겠다고 생각하는 지경에 이른다.

긴 시간을 함께할 중요한 '동료'에게 굴욕당할 위험은 우리가 자신의 가장 사적인 성적 욕망을 잘 알지도 못하는 사람들과 나누는 것이 한결 나아 보이는 이유를 설명해준다. 결혼에 관한 상식에 따르면, 부부란 섹스를 교환하는 가장 이상적인 관계임을 공인받은 사이다. 따라서 이백여 명의 하객 앞에서 영원을 약속한 사람에게는 특이하고 색다른 요구를 하면서 민망해하지 않아도 된다. 하지만 인간이 어떤 경우에 안도감을 느끼는지를 정확히 안다면 이것이 얼마나 잘못된 시각인지 금방 드러난다. 우리는 내일 아침밥을 함께 먹지 않아도 되는 사람, 앞으로 삼십 년 동안 절대 다시는 마주할 필요 없는 사람과 고무마스크를 쓰고 하거나 사촌끼리 근친상간하는 흉내내는 쪽을 훨씬 마음 편하게 느낀다.

사랑하는 사람과 섹스할 수 있는 상대, 이렇게 둘로 구분하려는 욕망은 특히 남자들의 습성으로 여겨지는 경우가 많다. 하지만 '마리아-창녀' 콤플렉스는(서로 다른 젠더간의 상호이해를 위해서라면 다행이겠지만) 결코 남성에게만 국한된 것이 아니다. 여성들에게선 흔히 '착한 남자-나쁜 남자' 콤플렉스가 발견된다. 여성들은 다정다감하고 세심하게 보살펴주며 대화가 잘 통하는 남성에게 끌린다는 데 이론적으로 동의하면서도, 섹스가 끝나자마자 곧 다른 대륙을 찾아 떠나는 잔인한 악당이 성적으로 훨씬 매력적이라는 점을 부인하지 못한다.

창녀와 나쁜 남자는 소유할 수 없다는 공통점이 있다. 그들이 우리를 사로잡는 이유는 우리의 상처받기 쉬운 내면과 이상한 습벽들을 환기하는 영원한 목격자로 행세하지 않기 때문이다. 어쩌면 섹스는 잘 아는 사람과 하기엔 지나치게 사적인 행위일지도 모른다.

섹스에 적극적일 수 있는 능력을 가로막는 근심거리가 또 있다. 나의 파트너가 실제로 나와 얼마나 자고 싶어하는가에 관한 문제 말이다. 누군가를 사랑한다는 건 그 사람의 욕구에 극도로 예민해진다는 뜻이다. 그래서 필립 로스의 신작 소설이나 루이스 부뉴엘의 새 영화를 보고 있는 상대방을 본의 아니게 귀찮게 하지는 않을까 저어하게 된다. 사랑은 우리가 평소 섹스를 나누고 있는 상대에게 폐를 끼칠까봐 매우 신중하고 친절한 사람이 되도록 만들고 만다.

이것은 사회적 지위에 걸맞은 예의범절을 강요하는 윤리적 행동강령, 감정이입과 페미니즘적 감성을 권장하는 문명의 발달과 더불어 역사를 통해 강화된 불안이다. 인간 종의 원시시대로 돌아가보면 상황은 많이 달랐다. 위험천만한 숲에서 들소 사냥을 마치고 돌아와 양가죽을 씌운 오두막의 밀짚 위에 누운 씨족 구성원들은 자신의 성적 요구가 상대를 번거롭게 할지도 모른다는 걱정으로 혼란스러워하지 않았다. 인정사정 없는 족장은 자기가 고른 배우자의 내면세계가 어떠한가는 조금도 개의치 않고, 그저 거칠게 옷을 벗긴 뒤 무자비하고 이기적인 에너지로 그녀의 몸에 올라탔다. 터널과 같은 그의 상상력 속에는 '그녀'의 마음속에 무엇이 있을까 하는 생각 따윈 어렴풋하게조차 떠오르지 않았다.

보다 예민한 사회구성원들이 이런 식으로 계속되어서는 안 된다고 주장하기까지는 몇 세기가 걸렸다. 그들은 같이 자고 싶은 사람이 있더라도 상대의 기분에 맞춰 스스로를 조절하도록 노력해야 한다고 강조했다. 사랑의 핵심은 공감능력이며, 이는 곧 자기가 원하는 것에만 집중하는 것을 그만두고 파트너가 원하는 게 무엇일까 질문해볼 수 있는 능력이다. 설령 그로 인해 그녀가 나를 전혀 원치 않는다는 사실을 알게 되는 한이 있더라도 말이다. 우리는 절대 강요해선 안 되고, 상대의 의사에 반하여 힘으로 밀어붙여도 안 되며, 다른 사람을 도구로 다뤄서도 안 된다.

당연히 이러한 철학은 다방면에서 결혼생활에 매우 이롭게 작용했다. 온화한 태도, 비위 맞추기, 평등의 정신, 가정생활의 각종 허드렛일을 독단적으로 분배하는 것에 대한 거부 등의 수확을 이끌어낸 것이다. 하지만 이처럼 진일보한 성과는 보다 착잡한 결과를 불러왔다. 부엌에서 더 많은 공감과 이해를 장려한 덕분에 이제 침실에서의 섹스는 더 어려워졌음을 인정하지 않을 수 없을 것이다. 사실 우리가 발기불능을 이겨내는 각종 약물에 이처럼 열광하는 것은 아내에 대한 충직한 존중의 징후다. 그것은 상대가 섹스할 기분이 아닐 수도 있다는 미묘하고 섬세하며 문명화된 불안을 이겨내도록 도와줄 기계적 수단에 대한 갈망이다.

철기시대 유라시아의 오두막에선 발기불능이 확실히 지금보단 드물었다. 발기불능 역시 문명의 성취 중 하나임에 틀림없기 때문이다. 그것은 공감능력의 발달, 타인의 행복을 높은 수준으로 배려하기, 부조리한 성적 충동과 음경에 대한 낭패감에서 비롯된다. 우리는 발기불능을 부끄러워하지만, 그 기원을 이해하고 나면 심지어 자랑스러워하게 될지도 모른다. 왜냐하면 그것은 우리의 미덕과 휴머니즘의 분명한 표지이기 때문이다. 오늘날 우리가 남성성을 과시하기 위해 욕실에서 몰래 비아그라를 삼키는 것과 같은 맥락에서, 자신의 영적 깊이를 보여주기 위해 발기불능을 시늉하는 법조차 터득하게 될지 모른다.

한 명의 파트너와 장기간 성생활을 하는 데서 오는 현대의 위기는 대개 누가 먼저 시도하느냐의 문제로 귀결된다. 한쪽이 원하지 않을까봐 양쪽 모두 감히 시작할 엄두를 못 낸다. 섹스할 기회를 잡는 일 자체가 너무나 소모적인 것이 되어버리면, 우리는 섹스를 원할 때조차 그 사실을 스스로에게 일깨워줄 다른 누군가가 필요해진다.

우리의 정신은 이성적인 문제들만으로도 너무나 바빠서 보다 원초적이고 동물적인 내면의 충동들로부터 차단된 채 살아가고 있다. 그렇기 때문에 우리의 본능에 가까운 진정한 자아에 더 가까워지도록 우리를 되돌려줄 사람이 절실해지는 것이다.

교착상태가 깨지기 위해서는 불쾌한 상황이 벌어질 위험을 감수하고라도 어느 한쪽이 모험을 해야 한다. 얼마간은 혼란스럽고 내키지 않더라도, 일단 해보면 결국은 섹스의 매력을 발견하게 되리라는 가정하에서 말이다. 따라서 최고로 사랑이 넘치고 교감하는 섹스에 도달하려면, 시작할 때 상대의 느낌이나 욕구는 전혀 개의치 않고 함부로 대하는 듯한 어떤 행동들을 해야 할지도 모른다.

아마도 이것은 우리의 섬세한 마음이 견뎌낼 수 있는 이상일 것이다. 아마도 그래서 벤은 엘로이즈에게 자주 시도하지 않았을 것이다. 아마도 그래서 그는 베키와 하는 게 정말로 훨씬 쉽다고 느꼈을 것이다.

베키 *Becky*

베키는 스물다섯 살이었고 생판 모르는 사람이었다. 깜짝 놀랄 만큼 예뻤고(아몬드 모양의 눈과 올리브색 피부를 가졌으며 입술은 크고 도톰했다), 표면적으로는 벤의 회사 홈페이지를 새로 만드는 일을 돕고 있었다.

그녀는 어느 봄날 아침에 처음 벤의 회사 사무실을 방문했다. 청바지에 운동화를 신고 진녹색 브이넥 점퍼를 입고 있었는데, 그 안에 별로 걸친 게 없는 것 같아서 그녀의 중성적인 상반신이 자꾸만 상상되었다. 대화는 웹사이트의 기능, 검색 능력, 사용자의 클릭 빈도와 업데이트 기능에 관한 것이었다. 하지만 물론 벤의 마음은 전혀 다른 데 가 있었다. 차분한 태도를 유지하려 애쓰고, 그녀의 눈을 마주보는 대신 손목이나 어깨에 시선을 고정시켰지만 별로 도움이 되진 않았다. 제대로 된 남자라면 이처럼 건강하고 아름답고 에너지 넘치는 그림 같은 모습에 반응하지 '않는' 것이 오히려 문제일 것이다.

설상가상으로 베키는 외모만 출중한 것이 아니라 성격도 무척 쾌활했다. 얼굴만으로도 얼마든지 원하는 많은 것을 얻을 수 있을 만큼 우월한 종족임에도 불구하고 자신의 미모를 전혀 의식하지 않는 듯 다정다감했다. 그녀는 슈퍼모델처럼 뚱하지도 않았고, 야심차고 지적인 젊은 여성들이 흔히 드러내는 외모, 특히 미모에 대한 반감도 없었다. 이런 여성들은 세상 사람들 모두가 자신의 정신보다 육체에 지나치게 열을 올리는 것에 대해 온 힘을 다해 비판한다.

베키는 외딴 시골 농장에서 나이 많고 사랑 넘치는 부모님 슬하에서 태어나 텔레비전을 본 적도 없고 중등학교에 가본 적도 없는 처녀를 연상시키는, 순박하고 순수한 열정의 소유자였다. 벤은 자신이 비정하고 교활한 연극을 마주하고 있는 것인지 아니면 인류 역사를 통틀어 최고로 완벽한 존재와 맞닥뜨린 것인지 헷갈려 분열증을 일으킬 것만 같았다.

그가 원하는 것을 섹스라고 기술記述하는 것은 벤의 흥분상태의 근원을 지나치게 단순화한 것이다. 베키는 섹스에 해당하는 고대영어 단어 '알다know'와 완전한 동의어였고, 본질적으로 어울렸다. 즉, 그녀는 '알고 싶다'는 간절한 열망을 불러일으키는 여인이었다. 그는 그녀의 허벅지와 발목, 그리고 목덜미를 알고 싶었다. 그녀의 옷장, 책장에 꽂힌 책들, 샤워를 마친 그녀의 머리카락 냄새를 알고 싶었다. 어린 소녀였을 땐 어떤 성격이었는지, 친구들과 나누는 비밀 얘기는 뭔지 전부 다 알고 싶었다. 하지만 그가 사는 시대에선 넓은 의미에서의 유사인류학적 욕구의 발현으로서 낯선 사람에게 당신의 냉장고에 무엇이 들어 있는지까지 궁금하다고 고백하느니 차라리 그 사람과 섹스하려고 노력하는 것이 쉽고 훨씬 정상에 가까웠다.

베키가 사랑스럽다는 것, 그리고 금지되었다는 사실. 이 둘의 조합은 벤을 비애에 잠기게 했다. 이런 일은 베키에게 흔했을 것이다. 그녀는 존재만으로도 사람들을 들뜨게 하는 동시에 그녀를 소유할 수 없다는 사실을 깨닫고 의기소침해지도록 만드는 여자였다. 그녀는 벤에게 유한성에 대해 숙고하게 했다. 그리고 자신에게 허락된 인생 이야기가 단 하나라는 사실을 뼈저리게 실감해야 했다.

크고 작은 여러 장애물 가운데서도 가장 안타까운 것은, 그녀와 연결되기엔 그의 스토리가 최소 십오 년 일찍 시작되었다는 점이었다. 베키의 무릎, 운동화, 보조개 그리고 에로틱한 긴장감을 불러일으키는 코걸이는 인간 한계에 대한 울적한 교훈을 전하고 있었다.

홀리데이인 *The Holiday Inn*

그런데 이번에는 벤의 인생에선 거의 없던 일이 벌어졌다. 운명이 예기치 않은 방향으로 선회한 것이다.

베키와 회사 간의 프로젝트가 끝난 몇 달 뒤, 벤은 M4 고속도로 인근의 홀리데이인 호텔에서 개최된 시상식에 참가하기 위해 고객과 함께 브리스틀에 갔다. 그리고 이른 저녁 무렵, 라임그린 빛깔의 로비에서 베키 역시 그 자리에 있음을 알게 되었다. 그녀가 십대를 위한 다양한 웹애플리케이션을 디자인해준 어느 다국적기업의 게스트로 행사에 참석한 것이었다.

베키는 그를 완전히 잊고 있었다. 그러다 몇 가지 얘기를 꺼내자 의례적으로 반갑게 맞장구를 쳤고, 시상식이 끝난 뒤 바에서 만나자는 제안을 냉큼 받아들였다. 첫번째 살인이지만 시체가 든 가방에 어떻게 돌멩이들을 나눠 담아야 하는지 직관으로 아는 범죄자처럼 벤은 아내에게 이메일을 보냈다. 잘 자라는 인사와 함께, 늘 그랬듯이 일 때문에 나중에 전화 못할지도 모른다는 말을 덧붙이는 걸 잊지 않았다. 베키와 얼마나 오래 저녁시간을 함께 보내게 될지 알 수 없었으니까.

자정 무렵, 그들은 손님이라곤 두 사람뿐인 바에서 와인을 마셨다. 추파를 던지는 그의 방식은 정확하고 간결했다. 웃고 칭찬해주고 희롱했다. 결혼한 중년 남자가 젊고 아름다운 여자를 유혹할 때 보이는 대범함을 자신감과 혼동해선 안 된다. 그것은 다만 죽음에 대한 두려움에서 비롯한 것이다. 인생이 끝없이 넓게 펼쳐져 있을 것만 같았던 때에는 자의식을 느끼며 수줍어하는 호사를 누릴 수 있었다. 하지만 지금 그는 이제껏 감히 시도해본적 없는 과감함으로 밀어붙이고 있었다. 그의 뻔뻔한 태도는, 홀리데이인의 바에서 밤늦게 이런 순간을 갖는다는 게 얼마나 드물고 쉽게 다시 오지 않을 기회인지를 무섭도록 분명하게 인식하고 있기 때문이었다.

　두 사람은 엘리베이터로 가는 복도에서 첫 키스를 했다. 그는 그녀를 벽으로 밀어붙였다. 옆에는 일요일에 호텔을 이용하는 가족과 어린이 고객을 위한 브런치 특별할인 광고 포스터가 붙어 있었다. 그녀의 혀는 그의 키스에 적극적으로 반응했고 그에게 눌린 몸은 리드미컬하게 움직였다. 이 시간은 머지않아 벤의 인생에서 가장 멋진 순간들 중 하나가 될 것이다. 과거의 경우들과 달리 이제는 벤도 이런 순간이 얼마나 의미심장하고 값진 것인지 알 만큼 연륜이 있었다.

어떤 쾌락은 순전히 상황이 전개되는 속도에 달려 있다. 오분 후, 둘은 그녀의 호텔방에 있었고, 머뭇거리다간 모든 게 수포로 돌아갈 수도 있는 어떤 세계로 들어섰다. 회사에서는 첫 미팅 후 컨설팅 수수료를 지급받기까지 일 년이 걸릴 수도 있다. 아이들을 대화가 통하고 혼자서도 이를 닦을 수 있을 만큼 키우는 데는 사 년 걸렸다. 지나온 삶의 대부분이 한 시간에 한입씩 먹는 밥처럼 느껴졌었다. 그런데 지금 이 순간은 지루해서 건너뛰고 싶은 부분이라곤 한 군데도 없는 유해도서의 한 페이지를 넘기고 있는 듯했다.

벤은 자신이 재난을 자초하고 있음을 분명히 알았다. 하지만 마음 한구석으로는 인간 종 특유의 집요한 생물학적 절박함만 아니라면 결코 엮이지 않을 시나리오에 사람들을 끌어들이는 섹스의 위력에 객관적인 의미의 존경을 바치고 있었다.

그는 자신을 바깥세상으로 눈돌리게 해준 섹스에 경의를 표했다. 지금껏 육체적 욕구를 계속 외면해온 사람이 젊은 여성과 이런 대화를 해봤을 리는 거의 없었다. 가령, 그녀가 좋아하는 애완동물이 뭔지, 기후변화가 영국 동부 해안의 방위防衛에 어떤 영향을 미치는지(베키는 노리치 토박이였다), 현대미술에 대해 어떻게 생각하는지, 라틴아메리카 국가들 중 가장 관심 가는 나라는 어딘지, 그리고 그녀가 입은 옷들을 벗겨내려고 게걸스럽게 덤비면서 이렇게 산뜻한 노랑과 빨강이 섞인 원피스는 어디서 샀는지 따위를 물어본 적은 없었던 것이다.

정절의 어리석음 *The Stupidity of Fidelity*

물론, 이튿날 아침 벤의 기분은 끔찍했다.

맨 먼저 떠오른 건 아이들이었다. 이토록 진부한 호텔방 침대에서 낯선 여자가 옆에 잠들어 있는데, 바로 그 시각 수백 마일 떨어진 곳에선 아이들이 학교에 가려고 일어나 눈을 비비고 있을 것이다. 이른 아침 아이들의 일상 풍경이 그의 마음에 아프게 다가왔다. 그다음으로는 아내를 생각했다. 이유는 모르겠지만 그녀와 보낸 첫 휴가여행이 떠올랐다. 프랑스로 스키를 타러 갔었는데, 정작 두 사람은 임대한 아파트의 벽난로 앞에 앉아 핫초콜릿을 마시고 체스를 두며 대부분의 시간을 보냈었다.

잠에서 깬 베키는 다정하면서도 짓궂었다.

"어떻게든 빨리 도망칠 궁리를 하고 있죠? 지금까지 기다려준 것만도 훌륭해요."

"베키랑 같이 아침 먹고 싶었어."

"내가 와이프한테 전화하거나 회사 동료들에게 익명의 메일을 보내지 못하도록 확실히 해두겠단 거죠."

두 사람은 한 시간 정도 더 끌어안고 연인 흉내를 냈다. 함께 샤워도 하고, 룸서비스로 아침식사도 주문했다. 각자 사무실에 전화도 몇 통 걸었다. 그리고 소지품들을 챙겼다.

그녀 말이 맞았다. 벤은 베키를 다시 보지 않길 바랐다. 그녀에게 못마땅한 점이 있어서가 아니라 그가 자기 자신에 대해 알아버렸기 때문이다. 결혼한 사람이 기회 될 때마다 바람피우려고 적극적으로 노력하지 않는 이유는 자신이 얼마나 비겁한 사람인지를 정확히 아는 데서 오는 겸손함 때문이다. 결혼생활이 그들에게 깨닫게 해주는 것은 바로 이러한 통찰이다.

이토록 한없이 순수한 영혼에게 자기처럼 짜증을 잘 내고 우유부단하고 이기적이고 표리부동한 사람은 맞지 않는다고 생각할 정도로, 벤은 베키가 너무 좋았다.

"나 같은 사람 옆에 계속 있고 싶진 않겠지…… 내가 네 인생을 망칠 테니까."

그는 그녀에게 말했다. 그러나 불행하게도 이런 말은 베키에게 그녀 또래의 남자들에 비해 벤이 얼마나 스스로를 잘 알고 있으며 흥미로운 사람인지를 보여주는 증거일 뿐이었다.

베키가 지금까지 보여준 모습대로 마냥 신비롭고 천진난만한 존재로 머물 순 없다는 것을 알 만큼은 벤도 오래 살았다. 간밤의 파트너가 자신의 옷가지를 개고 세면도구 파우치를 정리해 여행용 캐리어에 담는 모습을 지켜보면서, 벤은 그녀의 내면 깊은 곳엔 어떤 정신적 광기가 비밀스럽게 감춰져 있을지 궁금해졌다.

하지만 궁극적으로는, 그 답을 알아내는 것도, 자신의 어리석은 상념에 지나치게 골몰하는 것도 모두 내키지 않았다. 그들은 주차장에서 다정하게 키스하고 헤어졌다.

윤리 *Ethics*

그는 집으로 돌아왔다. 모든 것이 예전처럼 계속되었다. 벤과 엘로이즈는 아이들을 재우고, 저녁을 먹으러 외출하고, 현관문을 새것으로 바꿀지 상의하고, 싸우기도 하고, 그리고 섹스는 많이 하지 않고 지냈다.

그 일이 발각되는 건 상상만으로도 끔찍했다. 하지만 결코 그렇게 될 리 없으리란 확신이 들어도 기분이 언짢은 건 매한가지였다. 속일 가능성이 많든 적든 있다는 건, 끝이 없다는 측면에서 계속 조마조마하고 불편하다. 살인 후 도주가 가능할 때 마음의 안정을 찾기란 힘들다.

그는 점심에 뭘 먹었는지 거짓말할 수 있을 것이다. 꾀병을 부릴 수도 있고, 있지도 않은 고객 애기를 지어낼 수도 있고, 출장 간다고 속일 수도 있다. 예금계좌를 숨길 수도 있고, 딴 살림을 차릴 수도 있다. 그런데 그가 유독 이 일탈을 고백하고 싶은 유혹을 느낀다면, 이유는 바로 자신의 감쪽같은 거짓말이 드러낸 진실, 즉 자신이 믿을 만한 사람이 아니라는 자각에서 비롯된 현기증을 덜고 싶어서였다.

그렇긴 해도 고백할 생각은 없었다. 그는 도덕군자연하는 시대에 살고 있었다. 벤이 구독하는 온라인 신문에선 축구선수나 정치인의 부적절한 성관계에 대한 기사가 연속극처럼 끊임없이 올라왔다. 독자들의 댓글은 마치 그의 행동에 대한 평범한 시민 전체의 반응처럼 여겨지곤 했다. 그는 사기꾼, 쓰레기, 개자식, 쥐새끼로 낙인찍히고 말 것이다.

그런 꼬리표가 겁났다. 동시에 사람들의 안이한 도덕주의에 굴복하기도 싫었다. 자신이 베키와 함께한 일이 매우 그릇된 행동이었다는 견해를 진지하게 고려해보는 것엔 불만이 없었다. 하지만 그러한 결론에 자동적으로 도달하고 싶진 않았다. 덮어놓고 자기가 실수한 것 같다고 시인하기보단 스스로에 대해 생각해보고 싶었다.

벤은 혼자서 은밀히 이번 사건의 도덕성을 고민해보았다. 그리고 이상하게도 여론에 반하며 상당히 거북하긴 하지만, 사실 자신의 진짜 죄는 다른 곳에 있다는 생각이 들었다. 외도를 원하지 못한 것이 죄이며, 이는 말 그대로 '잘못'이고, 비이성적이며 본성에 반하는 것이라는 생각이……

외도를 극구 부인하려는 벤의 노력은 상상력의 대실패를 보여주었다. 그는 지상에서 우리에게 할애된 비극적으로 짧은 시간과 직면하고도 냉정을 잃어버리길 거부했다. 그는 인간 본성의 일부인 육욕을 경시했으며, 우리의 이성적인 자아를 정통으로 맞혀 쓰러뜨리는 에로틱한 방아쇠의 힘을 부인했다.

회의시간 내내 서로 손깍지를 끼고 시시덕거리기. 레스토랑에서 식사가 끝날 무렵 은밀히 무릎을 맞대기. 하이힐과 빳빳하게 다린 파란색 셔츠, 회색 순면 속옷, 라이크라 소재의 팬티, 매끄러운 허벅지와 탄탄한 근육. 이런 것들이 촉발하는 에로틱한 감정은 알람브라궁전의 타일이나 바흐의 〈B단조 미사곡〉만큼이나 경외감을 불러일으키며 우리의 감각을 즐겁게 해준다. 이 모든 것을 거부하는 행위 역시 일종의 배신이나 마찬가지 아닐까? 부정한 것이라면 무엇이든 철저한 무관심으로 일관하는 사람을 우리가 정말로 신뢰할 수 있을까?

우리 사회는 호텔이나 사무실 또는 달리는 열차의 벽에 기대어 키스하면서 낯선 사람의 바지나 치마 속으로 손을 집어넣는다는 흥미진진한 아이디어를 자신의 배우자가 시도하는 것은 말할 것도 없고 그저 상상해보는 뻔뻔함에 대해서조차 격분하고 진노하라고 권한다.

하지만 자신의 결점을 알고 욕망의 메커니즘을 조금이나마 이해하는 사람이라면, 성적인 것이든 다른 어떤 것이든 배우자의 모든 요구에 완벽히 부응하기란 불가능하다는 사실을 충분한 거리를 두고 인정해야 한다. 그러고 나서 배신당했다는 관념에 대해 최소한 이성적으로는 인정할 수 있어야 한다.

그러므로 엘로이즈는 벤의 외도에 책임이 있었다. 그녀가 잘못한 행동을 열거하자면 끝이 없었다. 그녀는 그가 하는 모든 말에 전적으로 동의하지 않았다. 그녀는 너무 오랜 시간 곁에 있었다. 그녀의 몸은 너무 익숙해졌다. 그녀는 두 아이를 낳았다. 그녀는 자주 피곤했다. 그녀는 까칠하기도 했다. 그녀는 스물다섯 살이 아니었다. 그리고 미치도록 뻔뻔하게도…… 그녀는 '인간'이었다.

배신당한 사람의 분노는 기본적이고 불가피한 진실과 맞닥뜨리지 않으려는 시도다. 인간은 본질적으로 다른 누군가에게 전부가 될 수 없다는 진실 말이다. 그리하여 우리는 당당한 품위와 비극적 멜랑콜리 속에서 이 무시무시한 관념을 받아들이는 대신, 우리를 실망시킨 타락한 배우자를 책망한다. 우리가 곁에 머물 수 있는 바로 그 사람의 결점을 찾아내는 건 도덕적으로 그릇된 일이라고 비난하고 싶어한다. 그가 그토록 오랫동안 우리를 속인 것에 대해 가차없이 성토한다. 하지만 그가 거짓말을 한 건 다만 우리가 자기 자신에 대해, 그리고 결혼생활에 대해 인정하려 들지 않는 모든 것들 때문이다.

상처받은 파트너는 '거짓말쟁이'를 집밖으로 내쫓아버릴 수도 있고 그의 옷을 갈가리 찢어버릴 수도 있다. 깜짝 놀라는 시늉을 하는 친구들에게 시시콜콜 털어놓을 수도 있고 자신의 빌어먹을 배우자가 괴물이라고 온 세상에 대고 떠벌릴 수도 있다. 하지만 이런 전략은 분노를 빌미로 평상시의 점잖은 태도로는 납득시키지 못한 터무니없는 생각, 즉 자신이 다른 사람의 인생에 있을 수 있는 유일한 해결책이라는 주장을 우겨보려는 시도일 뿐이다.

우리를 둘러싼 현대의 사랑 이야기는 우리에게 위험천만한 기대를 주입했다. 우리는 다른 사람 때문에 실망하지도 않고, 우리 또한 그를 실망시키지 않기를 진정으로 바라게 되었다. 하지만 이런 초자연적인 묘기는 경우에 따라서가 아니라 원천적으로 불가능하다.

그렇더라도 최근까지 우리의 문화 전반을 휩쓸고 대중음악, 영화, 패션, 문학에 영향을 끼친 낭만주의를 마냥 탓하기만 해선 안 될 것 같다. 치명적 오류는 이미 개인의 심리 기저에 존재하고 있기 때문이다. 우리들 대다수는 자신이 다른 사람에게 실제로 그런 것보다 훨씬 더 중요한 존재라고 생각하며 자랐다. 그리하여 우리가 '적절한' 후보만 찾아낸다면 성인이 되어서도 역시 그럴 수 있으리란 희망을 품게 되었다.

어린 시절 우리는 세상의 전부인 사람에게 우리도 전부가 될 수 있다고 믿었다. 자신이 생후 사 개월 된 아기고, 높다란 아기의자에 앉아 침을 흘리며 숟가락으로 식탁을 두드려대고 있다고 상상해보자. 엄마는 우리의 머리를 쓰다듬어주며 한없이 너그러운 미소를 짓고 있다.

이 서정시풍의 느낌. 방금 전에 우리는 배불리 젖을 빨았고, 나른하게 졸린 상태고, 우리의 천사 시종은 그저 공손할 뿐이다. 친절한 그녀는 가장하고 과장함으로써 우리가 삶을 헤쳐나갈 수 있도록 북돋운다. 솔직히 우리가 침으로 거품을 만들어가며 하는 별난 짓들이 그렇게까지 재밌지는 않을 것이다. 그녀는 해야 할 설거지도 산더미다. 대학에서 문학이나 드라마를 전공한 서른 살 여성에게는 까꿍놀이도 한계가 있다. 물론 그녀는 우리를 사랑한다. 하지만 우리가 생각하는 방식대로는 아니다……

엄마에겐 남편이 있고 친구들도 많고 복잡한 이해관계도 있다. 그녀는 나날이 나아지고 싶고, 책도 읽고 싶고, 자기 엄마에게 전화도 하고 싶고, 울타리도 손질하고 싶다. 그녀는 길 아래 카페에 가서 커피와 아몬드 크루아상을 먹고 싶다. 어느 날 그녀는 우리의 동생을 만들고 싶어질지도 모른다. 한두 번은, 우리를 돌보다 너무 지쳐서 이층의 자기 방으로 올라가버릴지도 모른다. 그리고 흐느끼면서 젖은 베개에 대고 실토할지도 모른다. 우리가 그녀의 인생을 망쳤다고.

끊임없는 격려와 위로를 받으면서, 결국 우리는 자신이 양육자에게 전부일 순 없다는 사실을 받아들이게 된다. 하지만 희망은 결코 죽지 않는다. 그것은 다만 옮겨갈 뿐이고, 우리 시대의 낭만적 이데올로기에 의해 별로 도움이 되지 않는 방식으로 과도하게 조장된다. 우리 마음 어딘가에는 예민하고 감정 기복이 심한 넉 달 된 아기가 근본주의자의 기대감을 품고서 여전히 살아 있다. 그리하여 이른바 성년기에 이르면 우리에게 완전한 기쁨이 될 누군가를, 그 사람과 결혼하고 영원히 행복하게 함께 살려고 노력할 수 있는 사람을 찾아 헤맬 준비가 되어 있다.

결혼에 대한 기독교의 생각은 이와는 전혀 달라서, 보다 유용한 현실 인식을 전파한다. 인간은 결코 서로를 온전히 만족시킬 수 없다고 종교는 강조한다. 우리의 이상주의를 완전히 충족하는 것은 오직 신이다. 우리는 이 방정식에서 '신'을 모두 빼버릴 수 있다. 그래도 여전히 유익한 경고와 조언은 남아 있다.

우리가 타인의 상상력을 철저히 만족시키지는 못한다는 사실은 진정 안타까운 일이다. 하지만 이는 그런 일이 가능하다고 보증한 계약서에 서명했다는 분노에 찬 예측과는 전혀 다른 것이다. 외도는 우리가 오래전에, 그 어떤 실제적 배신행위도 저지르기 전에, 스스로의 역량에 맞춰 침착하게 받아들여야 했던 암울한 철학적 통찰이 외부로 발현된 것에 불과하다. 그러니까 우리는 다른 누군가를 총체적으로 만족시킬 수는 없다.

외도의 어리석음

The Stupidity of Adultery

결혼에 대해 엘로이즈가 품었던 기대 가운데 어떤 것들이 지나치게 순진했듯이, 외도에 대한 벤의 소망도 마찬가지였다. 결혼생활이 안기는 실망에 대한 해결책으로 외도를 생각하는 것은 결혼이 우리 존재 자체의 실망에 답이 되어줄 거라는 생각만큼이나 미성숙한 것이다.

외도의 근본적 '오류'는 결혼의 경우와 동일하게 그 속에 담긴 이상주의에서 비롯한다. 비뚤어지고 가망 없어 보이는 일에 말려드는 것 같지만, 사실 외도는 마음속의 믿음을 드러내는 것이다. 외도가 결혼의 불충분한 요소들을 마술적으로 정리해주고, 잘 지어낸 알리바이로 복잡미묘한 기대들을 모두 충족시킬 수 있으리라는 신념을.

하지만 밖에서 누군가와 자면서 결혼생활 안에서 소중히 여기는 것들을 망가뜨리지 않을 순 없다. 결혼을 최초의 순수한 상태로 유지하는 동시에 삶에서 몇 가지 안 되는 결정적으로 중대하고 감각적인 쾌락을 망치지 않는 것은 불가능하다.

요약하자면, 우리가 소중하게 여기는 모든 긍정적인 요소들이 침해당하거나 훼손되지 않은 채 다른 모든 요소들과 공존하는 상태, 아무것도 잃지 않으면서 결혼생활의 갈등이 해결되는 상태를 원한다면, 답은 없다.

지금까지 보아온 대로, 현대의 결혼은 섹스, 사랑, 가족이라는 세 가지 욕구를 조화시킬 수 있는 무대로 정의되었다. 그러나 사실 이들은 각각 다른 것들에 위협이 되고 있다. 누군가를 사랑하는 것은 그와 섹스하는 능력을 위태롭게 한다. 특별히 사랑하진 않지만 매력적이라고 느끼는 누군가와 섹스하는 것은 사랑하지만 더이상 흥분되지 않는 사람과의 관계를 위태롭게 한다. 아이를 갖는 것은 사랑과 섹스 모두를 위태롭게 한다. 그리고 사랑과 섹스에만 몰두하는 것은 다음 세대의 육체와 정신의 안녕을 위태롭게 한다.

주기적으로, 좌절은 유토피아적 해결책을 찾고자 하는 충동을 낳는다. 아마도 그중 하나가 자유결혼^{open marriage}일 것이다. 그게 아니라면 상호 비밀주의. 아니면 일 년 단위로 계약 내용 재협상하기. 또는 보육시설 늘리기.

이런 것들은 모두 실패하게 되어 있다. 각각의 상황에 따른 규칙 속에 이미 우리가 잃게 될 것들이 명시되기 때문이다. 개방적인 성관계를 선택하면 사랑과 아이들의 안정은 위협받게 될 것이다. 개방적인 성관계를 선택하지 않으면 새로운 관계에서 경험할 수 있는 흥분은 없을 테고, 우리는 메말라갈 것이다. 비밀주의로 나가면 그것은 우리의 내면을 부식시키고 타인의 사랑을 받아들이는 능력은 고갈될 것이다. 하지만 진실을 말하면 우리의 파트너는 패닉에 빠지고 비록 아무 의미 없는 것일지라도 우리의 성적 모험을 결코 감당해내지 못할 것이다.

만일 우리가 아이들에게만 온통 정신을 쏟는다면 그들은 결국 우리를 외롭고 비참하게 남겨둔 채 자신의 인생을 찾아 떠날 것이다. 그렇다고 우리가 낭만적인 목표를 위해 아이들을 방치한다면 아이들에게 상처를 주게 될 것이고, 그들이 자라서 어른이 되면 평생 부모를 원망하며 살 것이다. 침대 시트가 말끔히 정돈되지 않듯이, 결혼생활 역시 어느 한 가지를 완벽하게 만들거나 개선하려 들면 다른 곳에서 문제가 생긴다. 한 귀퉁이의 구김살을 펴려 하면 다른 귀퉁이들이 헝클어지게 되어 있다.

통상적인 시각에서 약간 비켜나면, 외도 자체가 죄는 아니다. 외도가 거부감을 주는 이유는 그 부조리한 천진난만함, 그 속에 담긴 희망, 그것의 감상주의 때문이다. 즉, 그것에 깃든 낭만성이 거슬리는 것이다.

그렇다면 결혼에 임하는 우리의 보다 현실적인 마음가짐은 무엇일까? 배우자에 대한 정절을 지키겠노라는 충직한 의사를 전달할 수 있는 맹세는 어떤 것일까? 보다 조심스럽고 비관적인 내용을 담은 이런 것이 있을 수 있다.

"맹세합니다. 당신에게, 오직 당신에게만 실망할 것을 맹세합니다. 내 후회의 유일한 대상이 '당신'일 것을 맹세합니다. 당신만 아니었더라면 평생 수없이 바람을 피웠을 거라는 후회의 본보기일 것을 맹세합니다. 지금까지 나는 선택할 수 있는 여러 종류의 불행들을 탐구해보았습니다. 그리고 마침내 이 한 몸 바쳐 희생하기로 선택한 사람이 바로 당신입니다."

결혼식에서 신혼부부가 서로에게 하는 서약은 이처럼 관대하고 공손하며 낭만적이지 않은 서약이어야 마땅하다.

이렇게 맹세하고 나서 저지르는 외도는 희망에 대한 배신이 아니라, 특정한 사람에게만 실망하겠다는 우리의 맹세에 대한 배신이다. 기만당한 배우자는 있는 그대로의 자신만으로도 그/그녀가 만족할 줄 알았다며 길길이 날뛰고 하소연하진 않을 것이다. 대신 좀더 통렬하고 적법한 논리에 따라 이렇게 울부짖을 수 있을 것이다.

"내가 당신에게 선사하는 독특하고 다양한 실망을 당신이 충직하게 감내하리라고 나는 믿었다."

결혼이라는 제도

The Institution of Marriage

사랑을 기반으로 한 결혼이라는 개념은 18세기에 출현하여 정략결혼을 위한 낡고 무미건조한 기존의 이론적 근거를 대체했다. 결혼적령기에 이르렀으니까, 보기 흉하지 않고 부모나 이웃에게 누가 되지 않을 사람이 나타났으니까, 지켜야 할 자산이 좀 있으니까, 가정을 꾸리고 싶으니까 등등.

이제 새로운 철학에 따르면, 결혼하는 정당한 이유는 단 한 가지여야 했다. 깊은 사랑에 빠졌기 때문에. 숭배의 대상으로 인해 온갖 종류의 혼란을 겪고 있는 것으로 이해해줘야 하는 상태에 놓였기 때문에. 연인을 보지 못하면 참을 수 없고, 그 사람만 나타나면 몸이 깨어나고, 매 순간 서로가 한마음이고, 달빛 아래서 함께 시를 읽고 싶고, 그 사람의 영혼과 접속할 준비가 되어서인 것이다.

말하자면, 하나의 '제도'였던 결혼이 '느낌에 헌신하는 것'으로 바뀌었다. 결혼은 외부에 의해 승인되고 정당화되는 통과의례가 아니라 내부에서 우러난 마음 상태에 자발적으로 반응하는 것이 되었다.

새로운 결혼관을 옹호하는 사람들의 시각에서 이런 변화는 타당했다. 진정성이 결여된 심리적 현상에 대한 혐오가 날로

커지고 있었기 때문이다. 내면의 감정이 외부세계의 기대와 일치하지 않는 것은 위험한 일로 규정되었다. 전통적으로 '그런 척하기'라고 점잖게 표현했던 것을 이제는 '속이기'로 분류한다. '짐짓 예를 갖추다'는 '스스로를 속이다'로 더욱 멜로드라마틱하게 재평가되었다.

내부와 외부의 자아 일치가 이토록 강조되면서, 훌륭한 결혼은 어떠해야 한다는 기준도 더욱 엄격하게 다시 세워졌다. 배우자에 대해 어쩌다 가끔 애정을 느끼는 것. 일 년에 여섯 번 하는 지루한 섹스. 다만 아이들의 행복을 위해 유지되는 결혼생활. 이런 것은 진정한 인간이 될 권리를 스스로 포기하는 행위가 되었다.

애초엔 벤도 사랑을 기반으로 한 결혼관에 대해 직관적으로 존경심을 가졌었다. 그가 속한 사회와 문화 안에서 그렇게 생각하지 않기란 매우 힘들었다. 하지만 세월이 흐르는 동안 그런 결혼이 정말로 가능한지 의문을 품게 되었다. 어쩌면 그건 몇백 년 전, 철부지 사춘기 아이 같은 일군의 작가와 시인들이 꿈꾸었던 환상에 불과하지 않을까. 그 이전, 역사의 긴 시간에 걸쳐 인류에게 훌륭히 봉사했던 '제도로서의 결혼'이라는 개념에 다시 한번 자리를 내주어야 하는 것은 아닐까.

벤이 결혼에 대해 달리 생각하게 된 까닭은 자신의 감정이 얼마나 뒤죽박죽이고 제멋대로 이끌려다니는지를 깨달았기 때문이다. 교차로를 지나다 근사한 여자를 보면 자기 인생을 확 뒤엎어버리고 싶어졌다. 인터넷 채팅방에서 삼십 분 동안 야한 대화를 나눈 여자가 히스로 공항 근처 호텔에서 만나면 어떻겠냐고 했을 때는 인생을 통째로 날려버리고 싶은 유혹을 느꼈다. 엘로이즈 때문에 몹시 화가 났을 때는 그녀가 차에 치여 죽어버리면 행복할 것 같다고 생각했다. 그러나 십 분 뒤에는 엘로이즈가 없으면 자기도 죽을 것같이 느껴졌다.

아이들과 놀아주는 주말이 너무나 길게 느껴지면 애들이 빨리 자랐으면 좋겠다고 생각했다. 그러면 트램펄린_{둥근 쇠틀 안에 스프링 매트를 끼우고 올라서서 뛰는 기구} 놀이를 하자고 아빠를 조르지도 않고 아예 집에 들어오지도 않을 테니, 그는 혼자 거실을 독차지하고 앉아 한가롭게 잡지를 읽을 수 있고 참 좋겠다고 생각했다. 하지만 다음날 사무실에서 회의가 길어질 것 같으면 오늘밤은 아이들을 재워주지 못한다는 사실에 애가 끓었다.

느낌에 충실해 결혼해야 한다는 관점을 옹호하는 사람들은 자신들의 참되고 솔직한 감정에 경의를 표한다. 아마도 그들은 감정이라는 만화경 속에 실제로 떠돌아다니는 것들이 무엇인지는 가까이서 들여다보지 않았을 것이다. 그 속에는 모순되고 상식에서 벗어나 있고 감상적이고 호르몬의 힘에 조종당하는 모든 것이 들어 있다. 그것들은 광기에 사로잡히거나 갈팡질팡하게 만드는 수백 가지 방향으로 우리를 이끈다. 이런 감정들 하나하나를 다 존중한다면 일관성 있는 삶을 영위할 가능성은 사라진다.

때때로, 아니 어쩌면 대부분의 경우에, 우리는 진정성을 포기하지 않고서는 제대로 살아나갈 수가 없다. 아이들의 목을 조르고 싶다거나, 배우자의 잔에 독을 타고 싶다거나, 전구를 가는 것 때문에 싸우고서 이혼하고 싶다거나 하는, 스쳐지나가는 충동들에 진심을 발휘해선 안 되기 때문이다.

낭만주의는 거짓된 마음의 위험을 경고했다. 그러나 벤은 인간의 외적 삶과 내적 감정들을 일치시키려는 노력만큼이나 위험한 것은 없다는 생각이 들었다. 만일 우리가 인생의 중대한 계획들을 이끌어줄 북극성의 역할을 감정에 맡긴다면, 이는 감정에 너무 큰 무게를 실어주는 것이다. 인간은 복잡한 화학적 유기체다. 그렇기 때문에 이성을 유지하고 있는 상태에서 결정을 내린다는 기본 원칙의 필요성이 절실하다. 우리는 자신의 감정과 행동이 자주 일치하지 않는다는 사실에 감사해야 한다. 그것은 우리가 분별 있는 상태를 유지하고 있다는 증거다.

벤은 자신과 엘로이즈가 감정에 너무 연연하지 않으며 하루하루 살아나갈 수 있도록 해주는 제도로서의 결혼을 기꺼이 받아들였다. 매 시간 자신들의 감정적 맥을 짚어 그에 따라 관계를 조절하는 시스템보다 선의에서 비롯한 무심함이 본인들이 원하는 것을 추적하는 데 더 낫다.

제도는 또한 아이들이 그 안에서 자라야 하는 틀이다. 아이들은 벤과 엘로이즈의 감정 변화에는 가슴 아플 정도로 무관심했다. 부모가 대체 무슨 이유로 늘 말싸움을 벌이는지는 아이들의 관심사가 아니었다. 아이들은 엄마 아빠가 당연히 서로를 많이 좋아할 거라고 여기면서, 동시에 자기가 형제자매와 매일 그러듯이 부모도 서로 욕하고 요구르트를 던지고 싶을 뿐이라고 여겼다.

벤의 중년의 우울은 아이들에게 훨씬 더 중요한 것들, 가령 숨바꼭질이나 자전거 옆 양동이 안에서 자라고 있는 올챙이를 관찰하는 것을 방해하는, 사소하고 거추장스러운 것에 불과했다. 아이들은 벤을 우스꽝스럽게 흉내냈지만 걱정될 정도로는 아니었다. 그는 자신의 복잡한 일만으로도 지치다못해 지겨울 정도였다. 그래서 지금 이 순간에는 한나의 방을 기어

다니며 낙타놀이를 하는 데 더 큰 책임감을 가질 준비가 되어 있었다.

  우리 문화는 다른 무엇보다도 우리 감정의 미묘한 차이들을 남들에게 이해받는 것을 이상적인 상태로 숭상한다. 하지만 벤은 아이들이 그의 감정을 살피지 않아서 기뻤다. 아이들의 인생에서 그가 차지하는 위치는 그의 내면상태와는 무관했다. 그는 결혼이라는 협상 불가능한 제도적 의무에 참여하기로 서약했다. 그 결과, 이 영역에서만큼은 자신의 감정을 진지하게 고려함으로써 느끼게 되는 부담에서 벗어나 놀랍도록 자유로워졌다.

사랑하는 법 배우기 *Learning to Love*

여름학기가 끝나갈 무렵, 벤과 엘로이즈는 노아의 학교 교장선생님으로부터 노아가 같은 반 아이를 때리고 살찐 공룡이라고 부르며 놀렸다는 편지를 받았다. 작고 친밀하고 가족적인 학교 분위기에서 이러한 행동은 그냥 넘어갈 수 없기 때문에 노아를 좀 심하게 야단치겠다는 내용이었다. 선생님이 굳이 강조할 필요도 없었다. 그 편지는 즉각 조치를 취하지 않으면 노아가 비뚤어지고 폭력적인 비행청소년으로 자랄 수 있다는 전망에 불을 지폈다. 그들은 지금까지 겪어보지 못한 육아와 관련된 심각한 위기에 빠졌다.

벤과 엘로이즈의 마음속에서 이번 사건은 노아가 저지른 다른 종류의 비행들과 뚜렷하게 맥을 같이하는 것으로 여겨졌다. 누나를 발로 차고, 무당벌레를 죽이고, 엄마더러 지겹다고 하고, 할머니가 준 생일선물이 마음에 안 든다며 감사편지를 쓰지 않은 것 등등. 그래서 엘로이즈는 아이들이 잠든 뒤에 벤에게 말했다. 지금이야말로 그동안 얘기는 많이 했지만 계속 미뤄왔던 부모학교에 등록할 적기인 것 같다고.

매주 목요일 밤에 핀칠리의 어느 펍에서 열리는 상담을 이끌 치료사가 정해졌고, 당일 열 쌍의 부모가 모였다. 예상대로 첫 모임은 어색했고, 부모들은 자녀를 사회의 적으로 키웠다는 죄책감과 대면해야 했다. 오플린 부인이 몇 분간 불교에서 하는 집중명상으로 긴장을 풀어보자는 색다른 제안을 했다. 하지만 굳어진 분위기에는 별로 도움이 되지 않았다. 여남은 명의 술꾼들이 대형 텔레비전 앞에 모여 자기가 응원하는 팀이 점수를 낼 때마다 고함을 질러대는 것도 이런 분위기엔 영향을 주지 못했다.

시작할 때는 이렇게 어설픈 인상이었지만, 오플린 부인은 자신의 분야에서 대단히 분별 있고 설득력과 인간미가 넘치는 안내자의 모습을 보여주었다. 그녀는 참석한 부모들에게 설명했다. 그들만 이런 일로 고민하는 것이 아니라고, 그들이 겪고 있는 문제는 지극히 정상이라고 했다. 현재의 사안이 무엇이든 이렇게 시간을 내고 관심을 가져주는 부모가 있으니 아이들은 엄청나게 운이 좋은 거라고 했다. 이런 말만으로도 만사가 다 잘될 것 같았다. 근심에 찬 참석자들에겐 이처럼 기본적인 위안이 너무도 절실했기에 몇몇은 눈물을 보이기까지 했다. 엘로이즈도 그중 한 명이었다.

오플린 부인의 설명에 따르면, 아이들은 대개 세 가지 이유에서 좌절감을 느끼고, 그래서 화를 내고 컨트롤이 안 되는 것이었다. 첫째, 아이들은 자신이 느끼는 것을 이해하지도 못하고 표현할 수도 없다. 둘째, 그들에게 충분히 귀기울여주지 않았다. 셋째, 부모가 아이들의 불합리한 요구에 제대로 선을 긋지 않았다. 이때 요구란, 하고 오플린 부인은 다 안다는 듯 웃으며 재빨리 덧붙였다. "나이가 많든 적든 사람은 누구나 끊임없이 세상을 알아가고 싶어하지요."

그녀는 이러한 문제들에 대처하는 다양한 방법을 제시했다. 부모가 자기표현의 바람직한 예를 보여주고 아이들이 이를 거울 삼아 배울 수 있게 하기. 부적절한 행동에 대해 혼내지 않으면서 반응하기. 예를 들어 "조용히 해"보다는 "아빠는 지금 많이 속상해, 왜냐하면……"이 훨씬 낫다. 나쁜 짓을 지적하는 대신 좋은 점을 강조하기. 벌을 세우기에 앞서 분명하고 확실하게 세 번 주의 주기.

충고라는 것이 대개 믿을 만하지 못하다는 점을 감안하면, 놀랍게도 이 방법들은 효과가 있었다. 벤과 엘로이즈는 오플린 부인의 이론을 자신들의 상황에 접목시키고서 노아가 얼마나 잘 적응하는지를 기쁜 마음으로 지켜보았다. 아이는 부모가 자기 말에 귀기울인다는 것을 느꼈고 그래서 소리지르고 싶은 마음도 사라졌다. 규칙이 좀더 확실해지자 더이상 한계를 시험하는 것이 재미있지 않았고 그럴 필요성도 못 느꼈다. 세상은 여전히 갖가지 이유로 불만스러웠지만, 그걸 표현하기 위해 가구나 누나를 걷어찰 이유는 점점 줄어들었다.

　가정생활의 한 부분에서 이처럼 드라마틱한 개선을 경험한 벤은 부부관계에도 오플린 부인에 상응하는 어떤 해결책이 있지 않을까 하는 환상을 품게 되었다. 그는 공감 능력이 크고 예리하고 현실적인 누군가가 매주 집으로 찾아와 몇 시간씩 함께하는 장면을 그려보았다.

　그녀는 벤과 엘로이즈의 부부관계를 점검하고 문제점들을 찾아내 알려줄 것이다. 그들이 너무 약하고 바쁘고 혼란스러워서 스스로의 힘으로는 이끌어낼 수 없었던 변화의 촉매가 되어줄 것이다. 이 이상적인 치료사는 다음과 같은 사실을 일깨워줄 것이다. 아무리 사소한 것일지라도 모든 소통에는 어떤 함의가 있으며, 만일 그것이 부정적이라면 비난과 원망이 잇따를 수 있다. 따라서 결혼이란 대단히 주의해서 다루어야 하는 무엇이다.

　그녀는 매회 상담 때 지난 일주일간 일어났던 일들 가운데 골치 아픈 문제들의 목록을 만들어 가져오라고 할 것이다. 그리고 자신을 합리화하거나 피해의식을 느끼지 말고 상대의 불평을 측은한 마음으로 들어주라고 당부할 것이다. 서로에게 다정하라고 가르칠 것이다. 그들의 섹스 라이프에도 관심을 갖고, 스스

로의 욕구로 인해 느끼는 긴장감을 덜기 위한 연습을 권할 것이
다. 그들이 최소 일주일에 한 번 잠자리를 같이하지 않으면 다
른 사람에게서 출구를 찾으려는 성적 리비도가 필연적으로 증
가하고, 그 결과가 결혼생활에 영향을 주리라는 점을 상기시킬
것이다. 두 사람의 심리학적 병력을 살펴보고, 그들이 과거의 경
험 때문에 어떻게 현실을 왜곡하고 오해하게 되는지 그 과정을
정확히 파악해낼 것이다. 싸움이 불붙으면 그녀는 충고해줄 것
이다. 상대가 악의나 앙심을 품었다고 짐작하지 말고, 상처받아
슬퍼하는 사람으로 봐주라고.

　벤의 정교한 공상 속에서 이 심리치료사는 하느님의 용서도
이해도 믿지 않는 우리 시대에 등장한 새로운 종류의 사제였
다. 그리고 요즘 세상에선 개인적 관계에 도움이 되는 이런 종
류의 상품을 찾는 것이 보다 쉬워져야 한다는 생각이 진지하
게 들었다. 현대의 각종 치료사들이 그 효능을 충분히 입증하
지 못하고 있음을 떠올리면서, 그는 '결혼생활을 위한 사제단'
이라는 현세적이고 신뢰할 만하며 일관된 브랜드를 상상해보
았다.
　분위기 좋고 제법 유명한 본사, 말끔한 유니폼, 예쁜 로고
등등. 그들은 치유를 통한 중재의 필요성을 역설하고, 이것이

부끄러운 일도 시대에 뒤떨어진 것도 아니라고 얘기해줄 것이다. 그리고 우리가 미용실에 가서 머리를 자르거나 치과 치료를 받듯이 자연스럽고 당당하게 할 수 있는 일임을 강조할 것이다.

확신할 수는 없지만, 어쩌면 이런 환상적인 서비스는 부분적으로 이미 존재할지 모른다. 하지만 벤은 그것을 찾아내기가 본능적으로 꺼려졌다. 아직까지는 벤과 엘로이즈가 어떤 행동을 취할 만큼 첨예한 사건이 없었고, 교장선생님의 편지처럼 문제를 확실히 일깨울 만한 계기도 없었다. 신뢰나 동반자 관계가 무너지고 있음을 알려주는 희미하지만 무시할 수는 없는 사건들, 충분히 심각하지만 어떤 대응을 취할 만큼 극적이진 않은 사건들뿐이었다.

그가 살고 있는 시대와 세상은 어떻게 사랑하고 사랑받을지 아는 사람이 된다는 건 타고나는 것이지 노력해서 얻어지는 것이 아니라고 믿었다. 하프시코드나 고대 그리스어를 연습하듯이 사랑도 연습할 수 있다고 믿지 않았다. 그가 속한 문화는 현실에 있는 나와 매우 맞지 않는 인간을 사랑하는 방법을 알아내기보단, ‘알맞은’ 사람을 찾아내는 것을 관계 맺기의 결정적 관건으로 파악했다. 파일럿, 외과의사, 회계사, 엔지니어에게 훈련이 필요하다는 것은 받아들이면서도 연인이나 부모가 되기 위한 공식 훈련과정을 만드는 것에는 눈에 띄게 소극적이었다.

우리의 문화는 사랑도 믿고 일도 믿지만, 사랑을 위한 일의 가치는 믿지 않는다. 아직도 낭만적 충동이라는 이데올로기에 숙명적으로 끌린다. 연습이라는 생각에 반대하며, 만일 연습이 필요하다면 그것은 헌신에 대한 약속이 필요 없을 만큼 강한 사랑이 아니라는 사실을 드러낼 뿐이라고 믿는다.

우리가 사랑하는 연습을 꺼리는 것은 이 감정과 관련한 초기 경험과 관계가 있다. 우리를 최초로 사랑해준 사람들은 노력하고 있으면서도 그걸 내색하지 않았다. 그들은 우리에게 사랑을 주었지만 그만큼 되돌려달라고 요구하지 않았다. 자신의 상처받기 쉬운 면이나 불안들, 욕구들을 내비치지 않았다. 결과적으로 우리는 연인으로서보다는 부모로서 알맞게 행동하는 사람들에게 사랑받았다. 그리하여 그들은 가장 좋은 의도로부터 가장 복잡한 결과를 낳는 환상을 만들어냈다. 그리고 우리는 바람직한 인간관계를 위해 마땅히 해야 할 노력을 다할 준비가 전혀 되어 있지 않은 상태로 성인이 되었다.

낭만적 사랑에 반대할 결정적 논점이 있다면 아마 이 부분이리라. 그것은 이상화된 어린 시절의 모델에 맞춰 사랑을 감상적으로 묘사한다. 그래서 우리는 어린 시절에 맛본 안온한 느낌을 되살려줄 성인은 어디에도 없으며, 자신의 욕구를 채워주고 연약함과 불안을 막아줄 사람을 기대해서도 안 된다는 사실을 받아들이는 데 실패하게 된다.

어른의 사랑은 아이일 때 어떻게 사랑받았는지를 추억하는 것이 아니라, 부모가 우리를 사랑하기 위해 무엇을 희생했는지 상상해보는 것이어야 한다.

평범한 삶을 위한 용기

The Courage of Ordinary Life

벤은 이렇다 할 만한 사건이라곤 없는 자신의 인생을 종종 안타까운 심정으로 돌이켜보았다. 수많은 소설들의 줄거리를 이끌어가는 강력한 사건, 아슬아슬하고 드라마틱하고 가슴에 와닿고 의미 있는 일들이 그의 삶에선 벌어지지 않았다. 그는 갈림길에 서본 적도 없고, 논리가 확장되거나 인식의 전환이 이루어지는 계시의 순간을 체험해본 적도 없었다. 자신만의 이야기를 찾아보려 할 때마다 그가 마주하게 되는 것은 혼란, 기쁨, 불안, 욕망, 열망, 비애 그리고 권태라는 테마로 엉성하게 엮인 단편적인 사건들 무더기였다.

마흔번째 생일이라는 삶의 이정표가 가까워진 어느 날, 불현듯 그는 잘못이 자기 자신에게 있는 것은 아닌가 하는 생각이 들었다. 카타르시스를 주는 사건들과 모호하지 않은 결론으로 이루어진, 남이 만들어놓은 규격화된 이야기를 자기 삶에서 기대한 본인에게 책임이 있는 것 같았다. 그는 자신만의 이야기를 완성하는 일이 스스로에게 달려 있다는 것을 받아들였다. 지극히 평범해 보이는 일상의 이면에 놓인 어렴풋한 단서들을 찾아내는 것도, 이 가느다란 끈들을 이어 성숙한 이야기로 발전시키는 것도 자신의 몫임을 인정하기로 했다.
그럼에도 불구하고, 내면의 진보를 위해 어떤 외적 사건을 만들어보면 도움이 될 것 같았다. 그래서 벤은 마흔번째 생일에 조금은 기억에 남을 만한 일을 하기로 마음먹었다. 스스로에게 주는 깜짝선물로, 가장 해보고 싶었던 일 중 하나인 헬리콥터 타고 날아보기를 선택한 것이다.

그는 헬리콥터를 타본 적이 없었고 기계적인 것들에도 전혀 관심 없었다. 그가 정말로 원한 것은 마음으로 느끼는 기쁨이었다. 사물들이 만만해 보이는 경험, 한눈에 다 파악할 수 있는 시야, 거리에서 마주치던 일상적인 것들을 수백 피트 상공에서 새롭게 인식해보는 것. 이렇게 하늘에서 내려다본 전망이 앞으로 다가올 날들에 대한 객관성과 확실성의 은유가 되어줄 것 같았다.

헬리콥터는 아에로스파시알 가젤프랑스 항공우주비행기 회사가 제조한 경비행용 헬기이었고, 기체는 흔치 않은 선명한 체리 컬러였다. 조종석은 둥글납작하고 유리로 되어 있어 어느 각도에서든 전부 다 잘 보였다. 아이들과 엘로이즈도 다 함께 탔다. 만일 비행飛行의 신의 뜻에 따라 무슨 사고가 나더라도 온 가족이 한꺼번에 날아가버리는 게 낫다고 벤과 엘로이즈는 생각했다.

비행장은 중력에서 벗어날 장소로는 좀 의외였다. 교외의 한적한 공터였는데, 인스턴트 중국음식을 생산하는 조립식 공장들과 가구 창고들에 둘러싸여 있었다. 뉴질랜드 출신의 젊은 파일럿 두 사람은 벤이 특별히 가보고 싶은 곳도 없이, 그냥 위로 올라가려 한다는 사실을 좀 놀라워했다.

조종사가 작동을 시작하자 엔진이 애처롭게 윙윙거리며 살아났다. 믿기 어려울 만큼 유연하고 기다란 날개 네 개가 돌아가면서 위로 오르기 시작했다. 처음에는 나른하게 흔들리는 버드나무 가지처럼 천천히 돌았다. 그리고 몇 분 뒤, 엔진이 어마어마한 추진력으로 돌아가면서 기체 주위로 작은 토네이도를 일으켰다. 소리는 그들의 머리 위에서 들려왔는데, 압도적일 만큼 웅장했다. 그들이 서로를 향해 할 수 있는 일이라곤 그저 미소를 지어 보이는 것, 그리고 긴장으로 축축해진 동행의 손을 잡아주는 것뿐이었다. 소음이 모든 것을 집어삼켰다. 다만 이 외부의 지옥 속에서도 가장 깊은 내면의 생각들은 마음속에서 자유롭게 상상의 나래를 펼쳤다.

엔진 계기판에 준비 완료 사인이 떴다. 오클랜드가 고향인 조종사 더그가 레버를 앞으로 밀었다. 곧이어 높은 곳에서 내려온 줄에 당겨 올라가듯, 그들은 '킹펀스 차이니즈' 식품공장 위로 날아올랐다. 도시외곽순환도로 위로, 자동차들 위로, 교외의 집들 위로, 혼란스러운 모든 것들 위로, 티끌 한 점 없이 펼쳐진 고요하고 무한한 푸른 하늘 속으로 올라갔다.

아래를 내려다봤다. 남부 잉글랜드가 지도에서 보았던 모양 그대로 펼쳐져 있었다. 한쪽 끝으로는 서퍽 해안이, 반대편 끝으로는 에식스의 습지가 한눈에 들어왔다. 바이킹 시대 이후로 한 번도 건드리지 않은 듯이 나무가 울창한, 놀랍도록 목가적인 풍경 속으로 인간의 모든 잡동사니가 녹아들어갔다. 시야를 가득 채우고 있는 이 완전한 아름다움과 경이로움. 그걸 보며 웃지 않는다는 건 불가능했다.

승객용 문 사이에 가느다란 틈이 있어서 벤은 기체 바깥의 살인적인 냉기를 가까이서 느꼈다. 승용차보다도 크지 않은 캡슐은 불과 몇 밀리미터의 유리와 철로 감싸여 있고, 그 안에 우주 전체에서 그에게 가장 소중한 세 사람이 앉아 있었다. 간간이 동양으로 가는 비행기, 혹은 유럽이나 미국에서 이륙한 비행기가 그들 위아래로 쏜살같이 지나갔다. 북해 위의 배 한 척이 태양과 만나 눈부신 다이아몬드로 변했다. 관제탑에서 보내오는 소식은 저 아래 구름 양탄자 어딘가에서 길을 잃고 헤매다 헤드폰을 통해 지글거리며 들려왔다. 리마니 양키니 하는 알아들을 수 없는 사인에 따르면, 현재 그들은 안전하게 성층권을 통과하고 있었다. 벤은 마음이 가벼워졌고 심지어

설레기까지 했다. 지상에 매인 존재에 얹혀 있던 짐의 무게를 덜어버린 것처럼 홀가분했다.

이 순간이 곧 끝나리라는 것을 그는 알았다. 지금은 공중으로 높이 던져올린 공 안에 있지만 순식간에 다시 내려와야 한다. 연료는 단지 몇 시간 분량만 있고, 헬리콥터를 빌려준 회계사에게 금방 돌려줘야 한다. 하지만 이 장면의 가치는 바로 그것의 '짧음'에 있었다.

그는 지금 이 순간의 많은 것을 영원히 기억에 새기고 싶었다. 과학이라는 인상적인 학문 분야. 이 작은 캡슐을 높이 띄웠다가 제자리로 돌아오게 만들기 위해 받아야 하는 훈련. 새 것처럼 깨끗한 하늘. 샘솟는 자신감과 희망. 빙하기의 바람과 텅 빈 바깥으로 인해 더욱 깊어진 여리디여린 식구들에 대한 애정. 장애물에 굴하지 않고 날아오를 수 있다는 강렬한 느낌.

반대되는 여러 가지 익숙한 느낌들이 곧 되살아날 것이다. 부도가 날지 모른다는 불안. 직업인으로서 느끼는 치욕. 결코 채워질 수 없는 정서적 욕구. 유치하긴 해도 완전히 그릇된 것은 아닌 그의 감정에 답하지 않는 엘로이즈에 대한 분노. 육체적으로 소원한 결혼생활에서 오는 절망. 부조리하지만 억제할 수 없는 욕정과 그로 인한 수치심. 더 좋은 아빠, 덜 화내고 좀더 참아주는 아빠가 아니라는 죄책감. 아이들이 재능을 살리지 못하면 어쩌나 하는 두려움. 그리고 언젠가 집을 떠나가버릴 아이들에 대한 서늘한 예감. 그들은 벤과 엘로이즈에게서 생명의 피를 다 빨아먹은 뒤에 조용하고 음산해진 과거 속의 집을 어쩌다 한 번씩 의무감으로 들르곤 하겠지.

이런 우울한 생각을 하자 밝은 기분에 더 악착같이 매달리고 싶어졌다. 그는 날아봤다는 경험을 떠올리며 그 이미지에 기대어 강해지고 싶었다. 지금 그는 엘로이즈를 어떻게 사랑해야 할지 알았다. 자신이 있었다. 그와 그의 아내가 물려줄 수밖에 없었던 광기와 기벽을 타고난 아이들이 안쓰러웠다.

우리는 행복을 오래 지속되는 어떤 상태로 생각한다. 적어도 수십 년은 계속될 것으로 기대하는 것이다. 하지만 행복은 정말로 순간을 낚아채는 것이다. 호화로운 호텔, 공장, 쇼핑센터, 신용카드, 식당(이것들을 위해 우리는 지구를 망가뜨리고 있다) 등 문명이 이룩한 모든 성과에도 불구하고 십 분 남짓의 만족을 맛보는 일은 전적으로 우리 손에 달려 있다.

벤은 극적인 운명을 원했다. 그런데 자신이 이미 그런 운명을 가졌음을 이제 깨달았다. 이 모든 것을 잘 지켜내는 것, 온전한 정신상태와 생활할 수 있는 경제력을 유지하고, 결혼생활에서 살아남고, 아이들이 잘되는 것. 이런 계획들은 노르웨이 시인의 서사시만큼이나 영웅이 될 수 있는 많은 기회를 제공한다.

한때 그는 용기를 다르게 상상했다. 어렸을 적 그는 용을 잡고 사막을 가로지르는 행군을 그렸었다. 지금 그는 새로운 그림을 가졌다. 진정한 용기는 불안에 시달린다고 쉽사리 파괴되지 않는 것이다. 상대의 약한 모습에 좌절하여 상처주지 않는 것이다. 주변 사람들을 자신과 똑같이 상처받은 사람들로 보는 것이다. 자신과 같은 죄에 오염되었다고 아이를 비난하지 않는 것이다. 미치거나 자살하지 않는 것이다.

지극히 평범한 삶이라는 엄청나게 어려운 과제를 그럭저럭 계속해나가는 단순한 일. 이것이 진짜 용기이며 영웅주의다. 헬리콥터 안에서의 짧은 순간, 그리고 그뒤로도 가끔씩 우리의 영웅 벤은 이 과제에 도전해보고 싶었다.

정이현 & 알랭 드 보통

사랑을 말하다

▌▌ 다시, 사랑을 이야기한다는 것

이현: 보통씨의 『왜 나는 너를 사랑하는가』를 인상 깊게 읽었던 수많은 한국 독자들에게 『사랑의 기초_한 남자』는 매우 특별한 작품이 될 것 같습니다. 『왜 나는 너를 사랑하는가』가 이십대에 쓴 저자의 자전적 연애소설이었다면, 『한 남자』는 이제 사십대가 된 보통씨의 자전적 결혼소설이라고 할 수 있으니까요. 아마도 많은 분들이 기대하고 있을 것으로 예상합니다.

알랭: 감사합니다. 이현씨 역시 『달콤한 나의 도시』로 독자들에게 깊이 각인되어 있으니, 세번째 장편소설이자 연애소설인 『사랑의 기초_연인들』에 대한 독자들의 기대와 설렘이 클 것 같습니다.

이현: 글쎄요. 이번 장편소설 『연인들』은 어쩌면 바로 그런 구체적이고 분명한 기대를 배반하기 위해 쓴 소설일지도 모르겠어요. 가장 오랫동안 고민하며 시작한 작품이고, 그만큼 사랑에 대한 저의 진심이 많이 담긴 것 같아요.

알랭: 그런 의미에서 『한 남자』나 『연인들』이나 작가들로선 무척 흥미로운 작업이었죠? 저와 이현씨가 함께 참여하는 공동 프로젝트의 결과물을 전형적인 로맨스 서사의 남자 버전과 여자 버전으로 예상한 분들이 많았을 테니까요.

이현: 『한 남자』는 사랑을 확신하고 마침내 결혼에 이른 두 남녀에서 출발하는 작품이죠. 그래서 사랑보다는 결혼이 전면으로 부각되어 있어요. 아름다운 로맨스를 통해 완성되었다고 믿은 사랑, 그후의 이야기랄까. 달콤한 해피엔딩으로 막을 내린 무대 뒤에서 새롭게 펼쳐지는 블랙코미디 같은 작품이에요. 아마 낭만적 사랑과 이상적 결혼을 꿈꾸는 연인들에겐 충격적일 수도 있겠어요. 절대 열어보지 말아야 할 판도라의 상자 같은, 무섭고 서늘한 결혼의 진실을 담으셨잖아요.

알랭: 『연인들』도 비슷한 느낌입니다. 표면적으로는 이십대 남녀의 사랑 이야기를 다루고 있음에도, 『연인들』이야말로 연애의 초라한 이면을 적나라하게 보여주는 작품이에요. 분명 핑크빛 러브스토리인 줄 알았는데, 혹은 그러한 기대를 채워줄 것처럼 보였는데, 인물들의 사랑에 감정이입을 할수록 낭패감을 느끼게 되죠. 두 주인공의 심리를 각각의 시선으로 교차시켜 보여주는 서술방식 때문에 남녀의 차이와 어긋남이 더욱 극적으로 드러난 것 같습니다. 민아와 준호는 자신들의 감정을 한 점 의심 없이 사랑으로 정의하고, 그것을 실체적인 감정이라고 믿지만, 그들이 실천하는 사랑 어디에도 '열띤 로맨티시즘'이 없다는 점에서 『연인들』을 낭만주의적 연애소설의 허구를 폭로하는 '로맨스 없는 로맨스소설'이라고 보았습니다.

▐▌ 이십대, 그들의 사랑은

알랭: 사실 저는 『연인들』의 어떤 장면들에서 동서양의 문화 차이를 뚜렷이 느꼈습니다. 가령, 소개팅으로 만나는 민아와 준호의 첫 장면이나 이십대 후반의 연인이 섹스를 하려고 주기적으로 모텔에 가고 그 때문에 고민하는 것 등은 확실히 런던의 풍경보단 보수적인 듯합니다.

그래서 드는 의문점이 있습니다. 『낭만적 사랑과 사회』를 썼을 때 이현씨는 이십대였고 『달콤한 나의 도시』를 썼을 때는 삼십대였죠. 그리고 이번에 다시 이십대 남녀의 사랑을 테마로 한 소설을 쓰면서 작가로서 겪은 어려움은 없었나요? 그리고 『연인들』을 "케이크 위에 사뿐 올라앉은 체리"처럼 달콤하고 낭만적인 사랑이 아니라 현실적이고 꾸밈 없는 연애 이야기로 그린 특별한 이유가 있으신가요?

이현: 첫번째 질문에 대한 답은, 쉽진 않았다, 입니다. 언급하신 소설들마다 각각 제가 작가로서 하고 싶었던 이야기는 있었을 거예요. 그런데 그게 모두 "동시대 사랑의 풍속도를 도발적으로 그려냈다"는 평으로 뭉뚱그려진 면이 있어요.

『연인들』의 경우는 좀 다른데요, 이 소설은 보통씨와의 공동 프로젝트로 구상되었기 때문이에요. 보통씨가 결혼한 지 오래된 기혼 남녀의 사랑을, 저는 결혼을 꿈꾸는 미혼 남녀의 연애를 다룬다는 출발선이 그어져 있었던 거죠. 자의 반 타의 반, 이십대 남녀들을 만나 그들의 사랑과 연애에 대한 솔직한 생각들을 물어보게 되었죠.

그러면서 어느 순간엔 세대차이 같은 것도 느꼈어요. 그게 단지 표면적인 매너의 변화인지, 아니면 근본적인 가치관의 변화인지는 단언할 수 없어요. 하지만 저의 이십대 때와는 달리, 요즘 이십대들은 자기 삶의 우선순위가 명확하고, 연애는 인생에서 절대 1번이 될 수 없다고들 말해요. 아무리 그래도 막상 사랑에 깊이 빠지면 의지로 통제하기 어려운 것 아닐까라는 물음에는, 그런 사랑이라면 별로 하고 싶지 않다고 야무지게 대답하더라고요. 제가 모든 이십대 남녀를 일반화해선 안 되겠지만, 변화하고 있는 분위기는 뚜렷했어요. 그리고 이것이 두번째 질문에 대한 답이기도 합니다. 민아와 준호는 분명 지금 이십대의 방식으로, 이십대들이 할 수 있는 보편적인 사랑을 나눈 것 같아요.

▮▌ 낭만주의의 반전

알랭: 그렇다면 이런 질문이 떠오르는데요, 『연인들』은 처음부터 두 사람이 헤어지는 결말을 갖고 쓰신 작품인가요? 민아와 준호의 로맨스는 느리긴 하지만 확실하게 이별이라는 마지막 장을 향해 나아가는 과정처럼 보이거든요.

이현: 결말을 정해놓은 것은 아니었습니다. 제가 글을 쓰면서 계속 고민한 것은 평범한 이십대 남녀가 나누는 가장 보통의 연애는 어떤 모습일까였어요. 영화나 드라마에서 보는 드라마틱한 사랑의 판타지가 아니라 현실에서 우리가 한번쯤 해볼 것 같은 소박한 사랑을 보여주고 싶었습니다. 각자 궤도를 그리며 가던 포물선이 공중에서 마주쳐 하나의 점으로 합쳐졌던 순간에 대해 얘기해보고 싶었죠. 그다음에 그 둘이 다시 자신의 궤도를 그리며 다른 방향으로 나아가는 후일담을 덧붙여볼 생각도 했지만, 민아와 준호의 이야기는 "완벽한 연착륙"의 지점에서 끝맺는 게 옳다는 생각이 들어 쓰지 않기로 했어요.

알랭: 그렇군요. 소설 속에 묘사된 민아나 준호는 직업도 무난하고 성격도 무난하고 외모도 무난합니다. 그들의 관계에는 사랑에 깊이 빠진 사람들 특유의 '몰두'와 '파국'이 없어요. 운명이나 필연 같은 거창한 단어도 없고, 나와 너의 경계를 지우고 합일하려는 낭만적 야망도 없습니다. 이들은 각자의 영역을 견고히 유지하는, 침착하고 고립된

존재들 같았어요. 기대 없이 실행하고, 물살에 몸을 맡겼다가 하나의 파도가 지나가면 곧 거기서 빠져나오죠. 바로 이 지점에서 『연인들』은 탈낭만주의적 연애소설처럼 보입니다.

이현: 그런 관점에서라면 아이러니하지만 『한 남자』 속의 벤은 엄청나게 낭만적인 이상주의자로 보입니다. 벤은 '낭만적 사랑'이 얼마나 미화되고 왜곡된 신화인지를 역설하고, 사랑과 정욕과 결혼이 각기 다른 영역에 속한 일이라고 말하지요. 그럼에도 그는 아내와 아이들을 향한 사랑을 지키려는 의지가 굉장히 강해요. 민아와 준호가 서로에게 바라는 것이 대수롭지 않은 소소한 것임에 비하면, 벤은 일부일처의 결혼제도가 얼마나 절망적인지를 거듭 말하면서도 엘로이즈와 아이들에 대한 사랑의 감정을 유지하기 위해 엄청난 에너지를 쏟아붓죠. 심지어 그의 인터넷 포르노 중독이나 외도의 경험조차 그러한 의지적 노력의 일부로 볼 수 있어요. 충족될 수 없는 갈망을 채우기 위해 지치지 않고 거듭 시도하는 정력적인 인물이기 때문에 벤은 역설적으로 굉장한 로맨티스트가 되지요.

▌▌ 우리가 사랑에서 기대하고 실망하는 것들

알랭: 물론 부부인 벤과 엘로이즈의 사랑이 연인인 민아와 준호의 사랑과 같을 수는 없겠지요. 하지만 저는 이 두 커플에서 남녀가 서로에게 기대하는 바의 유사성을 많이 발견할 수 있었습니다. 가령, 벤은 엘로이즈에게 늘 이해와 위로를 받고 싶어해요. 그는 일 년에 여섯 번 섹스하는 것은 견딜 수 있지만, 매사에 냉담하고 침착한 아내의 태도에는 절망하지요. 이와 비슷하게 준호도 자기 삶의 누추한 부분들을 민아가 이해해줄 것 같다는 느낌을 받았을 때, "자신이 행운아인지도 모른다"고 생각하잖아요.

이현: 우리가 어린 시절에 맛본 안전한 느낌을 되살려줄 연인을 갈망하는 심리를 말씀하시는 거죠? "연인으로서보다는 부모로서 알맞게 행동하는 사람들에게 사랑받"은 결과, 성인이 되어서도 연인에게 부모의 사랑을 기대하는 것이 문제의 근원이라고 얘기하신 부분, 저도 동의합니다. 벤이 아내로 선택한 엘로이즈는 겉보기엔 그의 엄마와 정반대의 타입이지만, 사랑이라는 감정과 관련해서는 두 여자가 놀랄 만큼 닮아 있죠. 그런 점에서 남자에게 엄마란 동서를 막론하고 연인이나 아내를 선택할 때 직접적으로든 무의식적으로든 중대한 영향을 미치는 존재인 것이 확실해요. 한국에서도 결혼 상대로는 엄마가 반대하거나 적어도 싫어하지 않을 여자를 고르는 것이 미혼 남성들에게 중요한 과제 중 하나죠.

알랭: 남녀가 서로에게 원한다고 '말하는' 것과 그들이 실제로 '원하는' 것 사이에는 항상 차이가 있는 듯합니다. 『연인들』의 민아는 다정하고 대화가 잘 통하는 착한 사람이면 좋겠다고 말하고, 준호가 그런 기준에 부합했기 때문에 매혹됩니다. 하지만 그가 사회적 경제적으로 자신이 원하는 만큼 충분히 안정된 삶을 보장해주지 못하리란 사실을 깨달았을 때, 그녀의 사랑은 흔들리죠. '남녀가 생각하는 안정의 뜻이 서로 다른 것 같다'고 표현하신 부분이 떠오릅니다.

이현: 분명한 것은, 남녀가 사랑에 빠질 때는 다양한 종류의 기대감이 작동하지만, 그 기대가 결코 완벽하게 충족되지 않으리라는 사실이죠. "우리는 다른 누군가를 총체적으로 만족시킬 수는 없"는 존재들이니까요. 이성적으로는 분명 이 사실을 알고 있음에도, 서로가 서로에게 그런 존재가 되어줄 수 있으리라고 착각하는 것, 내가 찾아 헤매던 것들을 바로 이 사람이 갖고 있다고 확신하는 것, 그 '자발적 오독'의 상태가 낭만적 사랑의 핵심이고요.

▮▮ 남녀는 왜 싸우는가

이현: 보통씨의 작품은 남편인 벤의 시선으로 아내와 아이들을 묘사하는데, 그런 만큼 여성 독자들은 남녀의 차이를 더욱 뚜렷이 느낄 것 같아요. 저는 『연인들』에서 남녀의 시선을 각각 독립적으로 묘사했지만, 민아나 준호나 자신의 생각을 강요하지도 않고 상대를 바꾸려 들지도 않아요. 그래서 두 사람은 남녀를 떠나서 굉장히 비슷한, 닮은꼴의 연인이에요. 엄밀히 말해 그들은 사랑하는 사람을 바라보는 것이 아니라, 상대의 눈에 비친 자신의 모습에 더 신경을 쓰죠. 사랑에 빠진 '자기 자신'에게 관심이 집중되어 있기 때문에 상대를 바꾸려는 생각 자체를 못하는 거예요. 반면 보통씨의 인물들은 교육적 열의가 넘치죠. 벤과 엘로이즈 부부가 실천하고 추구하는 사랑의 방식은 '개선하기'인 듯합니다.

알랭: 벤과 엘로이즈에 비하면 민아와 준호는 아직 제도적으로 공인되지 않은 연인인 만큼 서로에 대한 구속과 강제력도 느슨하겠지요. 각자의 바운더리가 분리되어 있는 연인에 비해 한 공간을 공유하며 공존해야 하는 벤과 엘로이즈는 상대방의 모든 것이 신경 쓰일 수밖에 없습니다. 서로 다른 두 사람이 맞춰가려면 어쩔 수 없이 변화가 필요하고, 부부싸움을 하게 되는 것도 바로 이러한 개선의 의지 때문일 겁니다.

이현: 「감정과 이성」 챕터를 보면, 부부 사이의 갈등이 '모든 영역에서 자신의 이상을 관철하려는 지칠 줄 모르는 완벽주의적 야망'에서 비롯한다고 벤이 이야기하는 대목이 나와요. 저 또한 "일단 결혼을 하고 나면 '대수롭지 않은' 디테일이란 건 더이상 존재하지 않는다"는 말에 충분히 공감합니다.

그렇지만 전체적으로 보면 이것은 저와 보통씨가 작품을 통해 말하고자 하는 바가 다른 데서 이유를 찾는 게 옳을 듯합니다. 벤의 입장은 '행복한 결혼을 위해서는 부단한 훈련과 연습이 필요하다'는 것이죠. 그런 점에서 벤은 훨씬 더 긍정적이고 희망적이에요. 개선의 가능성을 포기하지 않고 계속 시도하니까요.

알랭: 반면 민아와 준호는 애초에 그런 낙관적이고 낭만적인 기대가 없는 인물들에 가깝군요. 연인들 역시 서로를 향한 높은 기대를 품을 수 있고, 그것이 채워지지 않을 때 실망하고 다투다가 결국 낭만적 황홀경에서 깨어나게 되지요. 그런데 민아와 준호는 의지나 노력으로 타인을 변화시킬 수 있다고 믿지 않는 인물들 같습니다. 그래서 상대에게 훨씬 너그러울 수 있고, 격렬하게 싸우지 않으며, 근본적으로 서로에 대해 방관적일 수밖에 없어요. 그들의 러브스토리는 열애라기보단 연애고, 그들의 이별은 감정의 파탄에 의한 것이라기보다 감정의 소멸에 따른 자연스러운 결과입니다. 결국은 좌절될 것을 알기 때문에 무리하게 시도하지 않는 것이죠.

▐▌ 남자의 딜레마

이현: 『한 남자』의 주인공 벤은 평범한 중년의 기혼 남성을 대표하는 전형적이고 보편적인 인물로 그려지고 있죠. 하지만 자세히 들여다볼수록 벤은 문제적 인물이에요. 아주 비범하고 엉뚱한 괴짜 같아요. 벤이 전형적으로 보이는 이유는, 그가 고민하고 갈등하는 테마들이 부부들의 문제를 폭넓게 대변하고 있기 때문이에요. 결혼과 섹스, 낭만적 충동 사이에서 갈팡질팡하는 태도, 자녀 양육에 대한 책임감과 부담감, 외도와 정절이라는 윤리적 딜레마에 봉착한 남자의 혼란 등등은 널리 알려진 결혼생활의 고충들이죠.

그런데 벤이 이러한 고민을 소화해내는 방식과 시각은 상당히 전복적이에요. 벤은 예의바르고 점잖으며 타인을 배려하도록 교육받은 사회화된 인물이지만, 그의 내면에는 기존의 통념과 관습을 뒤엎으려는 급진적이고 혁명가적인 기질이 있어요. 벤은 우리가 실천하고 있는 결혼이 부르주아의 발명품이며, 자본주의사회가 견고하게 유지하려는 일부일처의 결혼제도가 효율적일 수는 있지만 인간적이지는 않다고 단언하죠. 더 나아가 그는 자신의 관점을 역사적 문화적 철학적으로 파고들어 근거를 찾아내고, 이성과 합리를 바탕으로 집요하게 설득하려 합니다. 작가가 그리고자 한 벤은 어떤 인물인가요?

알랭: 제가 생각한 벤은 다중적인 성격의 인물입니다. 그는 내면의 생각과 표면적 태도가 일치하지 않고, 그 나이대의 남성 평균에서 크게 벗어나지 않지만, 또한 은밀한 욕망과 과도한 죄의식, 그리고 수많은 갈등에 시달리는 인물이에요. 실제로 대부분의 사람들은 그다지 일관되지 않은 취향, 원칙, 가치관 들로 뒤범벅인 유동적인 존재가 아닐까 싶어요. 성격이 한 가지로 뚜렷하고 의지가 굳고 변화가 없는 인물이야말로 신화적이거나 동화적인 존재죠. 말하자면 벤은 햄릿형 인간이고, 그래서 오히려 리얼리티를 얻었다고 생각합니다.

작품 속에서 벤과 엘로이즈의 캐릭터는 「대상 선택」 챕터에서 가장 구체적으로 묘사한 것 같습니다. 벤은 개구쟁이 같고 예민하고 충동적인 면모가 있는 반면, 엘로이즈는 조용하고 부드럽지만 내면은 굉장히 강하고 단호한 여성입니다. 매사에 흔들림이 없고 감정의 기복을 드러내지 않는 인물이죠. 그에 반해 벤은 훨씬 감수성이 풍부하고 변덕스럽고 질투심도 많아요. 그는 자신감과 결의에 차 있고 믿음직스러워 보이려고 애쓰지만 여전히 피터팬신드롬에 시달리고 있으며 여성과 모성을 동시에 갈망하는 나약한 존재기도 하죠.

▌▌ 부모 되기라는 난제

이현: 『한 남자』를 보면서 깨달은 재미있는 사실이 한 가지 있어요. 한국의 일반적인 부부들을 기준으로 봤을 때, 벤과 엘로이즈는 남편과 아내의 역할이 바뀌었단 생각이 들었습니다. 한국에선 아이를 기르고 가르치는 책임과 비중이 거의 대부분 여자에게 돌려집니다. 엄마들이 자녀 교육에 굉장히 집착하는 반면 남편들은 대부분 방관자의 역할을 자처하죠. 그런데 보통씨의 작품을 보면 남녀의 역할이 동등하거나 혹은 아버지 쪽으로 상당히 치우쳐 있어요. 작품이 벤의 시각에서 씌어서기도 하겠지만, 엘로이즈가 무심하고 관대한 엄마인 데 비해 벤은 바람직한 아버지 상像이란 어떤 것인가를 두고 계속 노심초사하죠.

아이들을 가르치는 문제에 있어서도 벤은 남다른 열정과 불안을 동시에 갖고 있는 듯 보여요. 아버지 역할을 해야 한다는 사실 자체에 대해 그가 느끼는 두려움과 공포감이 굉장히 구체적이고 생생해요. 한국의 부모들도 자녀 교육에 열성이긴 하지만, 아이의 정서적이고 감정적인 측면까지 두루 보살피는 세심한 교육법을 찾아야 한다는 중압감이 벤처럼 크진 않은 듯합니다. 실제로 두 아이의 아버지인 보통씨의 자전적 요소가 얼마나 반영된 것인지 궁금합니다.

알랭: 저는 자전적인 이야기를 쓰는 작가이기 때문에, 인물 속에 제 모습이 많이 투영됐다는 점을 인정합니다. 실제로 저는 제 아이들이 정서적으로 건강하게 자랄 수 있도록 많이 신경쓰고 있어요. 저는 이게 현실적으로 매우 중요하다고 생각해요. 예전엔 아이가 세상에서 '잘살기'를 바라면 아이가 공부할 수 있게 뒷바라지를 해줘야 한다는 게 통념이었어요. 그것만으로도 충분히 아이들에게 행복한 삶이 보장될 거라고 생각한 거죠.

하지만 이제 우리는, 서구뿐 아니라 한국에서도, 생산성 높은 노동자나 말 잘 듣는 직원을 키우는 것만으로는 충분치 않다는 걸 다 알아요. 그런 노동자가 타인과 관계를 맺는 데 서툴고, 감정적으로 불안정하고, 가는 곳마다 황폐한 정서의 흔적을 남기고 다닌다면…… 심각한 문제를 일으키겠죠. 그러니까 보다 넓은 시야를 갖고 보면, 성공한 어른이 된다는 건 '성장'한다는 뜻이에요. 그래서 가슴과 정신, 영혼을 훈련하는 과정으로서의 교육이 필요한 것이죠.

▮▮ 섹스에 취약한 제도

알랭: 다른 이야기를 한번 해볼까요? 저는 『한 남자』를 통해 결혼제도의 가장 큰 모순이 독점적으로 허용된 섹스에서 비롯한다는 얘기를 하고 싶었습니다. 일부일처의 독점적 성관계는 욕망을 자유롭게 표현하고 충족시키는 행위를 금기로 만들어버리기 때문에, 필연적으로 억압이 생겨나요. 성의 통제는 자본의 효율적 관리와 맥을 같이하고요. 따라서 현대의 결혼은 욕망의 좌절을 전제로 한 제도입니다. 서양의 기혼 남성들이 겪는 큰 스트레스 중 하나가 '배우자에게 지속적으로 성적인 매력을 입증하는 것'이라는 사실은 이러한 좌절이 점점 커지고 있음을 보여주죠.

사실 이것은 결혼생활에서 아주 흔하고 보편적인 갈등인데, 정작 부부끼리 터놓고 얘기하기란 쉽지 않아요. 왜냐하면 그런 고민을 말하는 순간, 관계에 문제가 있음을 자인하게 되는 것이고, 이미 제도 속으로 들어와 있는 남녀에게 이 문제를 해결할 만한 훌륭한 대안은 없는 듯 보이니까요.

이현: 프로이트의 말을 인용한 부분, "그들은 사랑하면 정욕이 사라졌고, 정욕을 느끼면 사랑할 수 없었다"는 문장이 기억나네요. 보통 씨는 인류의 태곳적 환경과 조건을 언급하며, 혼외정사의 부도덕성이라는 개념이 얼마나 자연에 반하는 일인지를 진화론적 관점에서 설명하셨죠. 아마도 벤이 밤마다 인터넷 포르노를 보고, 외도의 기회가 찾아왔을 때 심각하게 고민하는 대목에서 흠칫하는 부부들이 많을 거예요.

하지만 벤이 인상적인 건 그가 일부일처의 결혼제도를 비판하면서도 아내와 아이들을 위해 헌신하기 때문이에요. 그는 현대사회 부르주아의 삶에서 결혼이라는 제도에 부과된 지나친 짐, 즉 단 한 명의 상대와 '낭만적 사랑'의 감정을 유지하고, '성욕'을 해결하고, '일'을 통해 생계를 유지하여 '자녀 양육'의 임무를 훌륭히 완수해야 하는 어려움을 명확히 인식하고 있어요. 그럼에도 불안정하고 유동적인 감정이나 충동에 이끌리는 대신, 제도에 의탁해 조화로운 관계를 지속해나가려고 노력하죠. 진술하고 있는 내용은 냉소적인 데 반해, 벤의 가족이 매우 이상적인 가정의 모습을 완성하고 있다는 점이 소설적으로 흥미로웠습니다.

▌▎ 마음을 관리해주는 서비스

이현: 그런 점에서 벤은 기발하고 재미난 인물이에요. 엉뚱하고 독창적인 아이디어가 끝없이 샘솟는 발명가 또는 몽상가 같아요. 부모 카운슬링 모임에 가서는 결혼생활을 체계적으로 관리하고 조언해주는 서비스 회사를 상상하고, 인간의 변덕스러운 기분을 조절해주는 약의 개발을 확신하죠. 그에게는 과학과 이성, 합리적 사고의 힘을 예찬하고 인류의 진보를 믿는 계몽주의자 같은 면모가 있어요. 그리고 다른 많은 분야들처럼 감정과 관련된 사적 영역에서도 학습과 훈련이 중요하다고 강조하죠.

벤은 아내와 아이들을 보살피고 이끌어주려고 노력하지만 그 과정에서 거듭 상처를 받는데, 이런 그의 모습을 보면 '교육자적 열망'이 대단하다는 것을 느낄 수 있어요. 냉철하고 지적이지만 내면에는 열정과 에너지가 넘치는 다혈질의 인물 같아요. 이런 부분은 작가인 보통 씨와 많이 닮아 있다는 생각이 드는데요, 벤이 말하는 훌륭한 삶을 위한 공부란 어떤 것인가요?

알랭: 벤은 사랑하는 법을 배워야 했어요. 이 말이 이상하게 들릴 거라는 걸 알아요. 사랑하는 법은 그냥 자연스럽게 아는 거라고 말할 수도 있겠습니다만, 저는 그렇게 생각하지 않습니다. 그리고 결국엔 벤도 제 생각에 동의하게 됩니다. 문제는 우리가 일부러 배우지 않아도 결혼해서 잘사는 법을 알 수 있다고 생각한다는 점이에요. 하지만 직관만으로 비행기를 조종하거나 외과수술하는 법을 알 수 없듯이, 함께 사는 방법을 저절로 알 수 있다고 생각해선 안 됩니다. 순수한 감정이 다칠까 무서워서 사랑이라는 영역에선 너무 이성적이거나 체계적이면 안 된다고 생각한다면 그건 더욱 유감스러운 일이고요. 현대의 연인들은 아직도 자기들의 삶에 의식적인 절차를 도입하고 외부의 도움을 받는 걸 주저해요. 너무 많이 생각하면 느끼지 못하게 될 수도 있다는 만트라가 여전히 남아 있는 것이죠. 하지만 끊임없이 많이 생각하지 않으면 결국 서로가 서로를 파괴하고 말 겁니다.

▮▍ 자본주의 시대, 혁명을 꿈꾸는 몽상가

이현: 저는 개인적으로 「가정의 필요」 챕터를 가장 흥미롭게 읽었는데요, 벤이 재력가의 디너파티에서 느낀 자살충동이나 직업적으로 실패했을 때 겪게 될 굴욕에 대한 두려움을 솔직하게 고백한 부분이 인상적이었어요. 사회적 지위에 대한 불안에 시달리며 가장이자 남자로서의 위엄을 유지하려 애쓰는 중년 남성의 고달픔이 사실적으로 다가옵니다.

하지만 제가 이 부분을 눈여겨본 이유는 이러한 지위 불안을 해석하는 벤의 통찰이 그야말로 부르주아적이라는 점 때문이에요. 그는 돈을 벌고 싶은 게 물질적 혜택 때문이 아니라, 돈이 타인의 친절을 보장해주기 때문이라고 말해요. 이것은 생계나 생활을 유지하기 위한 불가피한 노동에서는 어느 정도 자유로워진 계급, 즉 중산층 이상에서나 할 수 있는 생각이죠.

더욱 재미있는 것은 벤이 부와 낭만적 사랑의 상관관계를 설명하는 방식인데요, 그는 이렇게 말해요. "자본주의의 스트레스를 견디기 위해 우리는 낭만적 사랑에 매달리지 않을 수 없다. (……) 만일 경제 시스템을 바꾼다면 우리는 지금처럼 필사적으로 짝을 찾아 헤매고 두려움에 떨며 서로에게 매달릴 필요를 훨씬 적게 느낄 것이다."

계급과 분배의 평등이 내밀한 사적 영역에 속한 사랑에 큰 자유를 가져다줄 것이라는 말은 너무나 진실이어서 선뜻 인정하기가 두려워요. 그만큼 우리가 계급적 존재들이라는 뜻이기도 하고, 우리가 믿고

있는 이상적 사랑의 기반이 대단히 허약하다는 사실을 직시하게 만
든다는 점에서 전복적이에요. 이에 대한 저자의 생각을 좀더 들어보
고 싶습니다.

알랭: 제가 현대의 결혼을 '순전히' 경제 시스템의 일부로 보는 냉소적
인 사랑관을 말하려는 건 아닙니다. 결혼에는 분명 아주 강력한 심리
적 정서적 요소가 있기 때문이죠. 그렇지만 현대의 결혼이 특정한 경
제적 요인들에 의해 강화되고 강제되는 것 또한 사실입니다.
현대의 결혼 관념은 18세기 유럽의 부르주아계급에 의해 형성되었
습니다. 이 관념에 따르면 결혼한 사람들은 아이들을 위해 서로를 참
고 견뎌야 할 뿐만 아니라, 정말 대단하게도 서로 깊이 사랑하고 욕망
해야 해요. 법적으로 평생계약을 맺은 단 한 사람에게 투자함으로써
자아실현에 이르고 싶다는 부르주아의 욕망은 정서적 욕구와 현실
적 한계를 조화시키려는 그들 특유의 철학에 대한 빈약한 해결책이
었어요. 우리들은 이 아름답고도 감상적인 부르주아 관념의 계승자
입니다.

▌▌ 결혼, 그 쓸쓸하고 위대한 일상

이현: 저는 『한 남자』를 읽으며 결혼이라는 제도 속에서 살아가는 남녀가 느낄 법한 좌절감, 구차스러움, 다툼과 화해 등, 여러 가지 감정들과 상황들이 당혹스러울 정도로 생생하게 그려져 있어 놀랐어요. 굉장히 과감하고 도발적인 말씀을 많이 하셨잖아요. '낭만적 사랑'에 덧씌워진 현대사회의 신화를 깨는 것뿐만 아니라, 더 나아가 과학자적 태도로 결혼을 탐구함으로써, 느낌으로 충만해야 할 사랑이라는 단어를 밑바닥에서부터 뒤흔들어놓았다는 인상입니다.

결혼한 부부들이 마음속으로 느끼고 고민하면서도 차마 말하지 못했던 결혼의 그늘진 일상을 잔인할 정도로 사실적으로 묘사해, 결국 허탈하게 쓴웃음을 지으며 동의할 수밖에 없게 만듭니다. 이 주제를 가지고 정말 하고 싶은 얘기가 많으셨던 것 같아요.

알랭: 그렇습니다. 이십대 남녀 사이에선 낭만적 사랑을 어떻게 정의하는가가 가장 큰 이슈겠지만, 결혼하고 커리어를 쌓고 아이를 낳아 길러야 하는 사십대가 되면 상황은 훨씬 더 복잡해지지요. 현대사회는 낭만적 사랑이 행복한 결혼생활을 위한 유일한 조건이라는 아이디어를 조장하지만, 원래 결혼은 그 기원에서부터 계급과 제도의 산물이었습니다. 물론 이러한 사실이 이미 널리 알려져 있긴 합니다. 하지만 대부분의 경우 그저 '안다고 주장되는 것'일 뿐입니다.

결혼의 곤란한 점은, 해보지 않고서는 결코 알 수도 느낄 수도 경험할 수도 없는 것들투성이라는 겁니다. 결혼한 사람들만이 맛볼 수 있는 기쁘거나 행복한 순간도 가끔은 있지만, 많은 시간 그것은 짐작보다 훨씬 더 씁쓸하고 고달프고 무미건조하고 짐스럽습니다. 결혼은 노동과 마찬가지로 고난과 시련으로 가득하지만, 그 속에서 어떤 기쁨을 찾아내는 것은 각자의 몫이죠. 저는 이런 어려움을 무릅쓰고 결혼생활을 유지하는 부부들을 위한 책, 동지적 연대감을 나눌 수 있는 이야기를 써보고 싶었습니다.

▌▌ 선택하는 용기

이현: 마지막으로『한 남자』의 결말에 대해 이야기해볼까요. 벤과 엘로이즈를 보면 두 사람이 정말로 사랑하기 때문에 이 관계를 지키기 위해 고군분투한다는 생각이 들어요. 그 사랑이 '이상화된 낭만적 사랑'의 실현은 아닐 수 있지만, 그게 사랑이라는 점은 분명해 보여요.
현대의 결혼이란 객관적으로 보면 너무나 다른 두 사람이 비슷한 강도로 애써야 유지되는 제도일 뿐, 봉건시대처럼 제도 자체가 관계의 지속을 보장해주진 않죠. 그런 점에서 오늘날의 결혼엔 더 많은 에너지가 필요하고, 개인에게 돌려지는 책임과 의무도 지나치게 커요. 그러니 일반적인 남녀가 만나 가정을 이루고 살아가는 평범한 일에 비범한 용기가 필요하다는 보통씨의 지적은 정확합니다.
소시민인 벤은 불안정한 사랑에 겁먹고 직업적 스트레스에 시달리고 아이를 망칠까봐 두려워해요. 그럼에도 훌륭한 남편, 아빠, 가장이 되려는 노력을 포기하지 않아요. 바로 이 부분이 뭉클한 감동으로 다가옵니다.

알랭: 저는 『연인들』을 읽으면서 '사소한 디테일들의 힘'을 새삼 느꼈습니다. 작가인 이현씨는 관찰력이 뛰어나고 스쳐지나가는 순간들에서 의미를 포착해내는 날카로운 눈을 갖고 계신 듯합니다.

『연인들』에는 열정의 서사가 거의 없지만, 연애하는 남녀가 경험하고 느낄 수 있는 모든 장면이 다 들어 있어요. 또 인물들의 감정이나 생각의 섬세한 결들이 너무나 구체적이어서, 실제로 한국의 어딘가에서 어떤 남녀는 분명 이런 모습으로 연애하며 살아가고 있을 것만 같았습니다. 비록 이 소설의 끝에서 민아와 준호는 헤어졌지만, 만일 현실에서 그들이 결혼했다면 벤과 엘로이즈처럼 끊임없이 실망하고 분노하고 좌절하면서도 서로 의지하고 위로하며 살았을 거라고 생각합니다.＊

＊ 이 글은 두 작가가 서로의 완성된 작품을 교환하여 읽고, 서면으로 나눈 대담을 정리한 것입니다.

사랑의 기초_한 남자
ⓒ 알랭 드 보통 2012

1판 1쇄 2012년 5월 9일
1판 6쇄 2012년 12월 28일
2판 1쇄 2013년 9월 24일
2판 9쇄 2025년 9월 2일

지은이 알랭 드 보통 | 옮긴이 우달임
책임편집 강윤정 | 편집 김민정 김필균 김형균 유성원
저작권 박지영 형소진 주은수 오서영 조경은
마케팅 정민호 서지화 한민아 이민경 왕지경 정유진 정경주 김혜원 김예진 이서진
브랜딩 함유지 박민재 이송이 박다솔 조다현 김하연 이준희
제작 강신은 김동욱 이순호 | 제작처 영신사(인쇄) 경일제책(제본)

펴낸곳 (주)문학동네 | 펴낸이 김소영
출판등록 1993년 10월 22일 제2003-000045호
주소 10881 경기도 파주시 회동길 210
전자우편 editor@munhak.com | 대표전화 031) 955-8888 | 팩스 031) 955-8855
문학동네카페 http://cafe.naver.com/mhdn
인스타그램 @munhakdongne | 트위터 @munhakdongne
북클럽문학동네 http://bookclubmunhak.com

ISBN   978-89-546-2227-1 04840
        978-89-546-2225-7 (세트)

* 이 책의 판권은 지은이와 문학동네에 있습니다.
  이 책 내용의 전부 또는 일부를 재사용하려면 반드시 양측의 서면 동의를 받아야 합니다.

잘못된 책은 구입하신 서점에서 교환해드립니다.
기타 교환 문의 031) 955-2661, 3580

www.munhak.com